Chère lectrice,

L'amour, dit-on, arrive souvent quand on ne l'attend pas... Doit-on s'en plaindre ou s'en réjouir ? A l'heure où tout se programme, où rien n'échappe à la tyrannie des chiffres, à la dictature des prévisions, n'est-il pas grisant de se laisser aller à l'inconnu ? D'ignorer où, quand, comment, nous connaîtrons le frisson délicieux de la passion ? Bien sûr, cela ne va pas sans quelques menus tracas, comme en témoignent nos héroïnes du mois. Il n'est pas simple, en effet, de se pâmer pour un homme que l'on croit déjà pris (Azur N°s 2047 et 2051). Ou de voir une union de convenance tourner à l'amour au moment précis où la séparation approche (N°s 2048, 2049 et 2052)... Mais n'est-il pas plus pénible encore de s'avouer subjuguée lorsque l'on s'est promis de ne plus risquer son cœur ? Julie, Emma et Bianca qui, chacune à leur manière, redoutent l'irruption des sentiments dans leur existence, devront affronter leurs démons intérieurs avant d'admettre l'impensable : elles sont tombées amoureuses (N°s 2050, 2053 et 2054). Et vous le verrez, c'est plutôt une bonne nouvelle ! Car Shakespeare avait raison : « C'est un amour bien pauvre, celui que l'on peut calculer »...

Bonne lecture !

La responsable de collection

Princesse à marier

MARTHA SHIELDS

Princesse à marier

HARLEQUIN

COLLECTION AZUR

Si vous achetez ce livre privé de tout ou partie de sa couverture, nous vous signalons qu'il est en vente irrégulière. Il est considéré comme « invendu » et l'éditeur comme l'auteur n'ont reçu aucun paiement pour ce livre « détérioré ».

Cet ouvrage a été publié en langue anglaise
sous le titre :
THE PRINCESS AND THE COWBOY

Traduction française de
CÉCILE DESTHUILLIERS

HARLEQUIN ®
est une marque déposée du Groupe Harlequin
et Azur ® est une marque déposée d'Harlequin S.A.

Originally published by SILHOUETTE BOOKS,
division of Harlequin Enterprises Ltd.
Toronto, Canada

83-85, boulevard Vincent-Auriol, 75013 Paris — Tél. : 01 42 16 63 63
Service Lectrices — Tél : 01 45 82 47 47
ISBN 2-280-04753-5 — ISSN 0993-4448

1.

— Il faut absolument que tu m'aides à trouver un mari !

La princesse Joséphine Eugénie Béatrix Marguerite Isabeau Francœur de Beaulieu referma derrière elle la porte de la chambre à coucher de son amie américaine, Melissa Porter. En dépit de l'inquiétude qui l'étreignait, elle n'avait pas la moindre envie d'attirer l'attention du dragon qui lui tenait lieu de chaperon et de dame de compagnie, la redoutable Mme de Savoie.

Ce n'était pas le premier séjour de la princesse à Porter Ranch, la gigantesque et luxueuse propriété du père de Melissa, non loin d'Auburn, en Californie. Et ce n'était pas non plus la première fois que les deux amies s'enfermaient dans le secret de la chambre de Melissa pour résoudre les problèmes de l'une ou l'autre d'entre elles.

Mais cette fois-ci, la situation était extrêmement grave, et terriblement urgente.

— Un mari ? s'exclama Melissa en ouvrant des yeux ronds de surprise. Chaque chose en son temps, Jo ! Aujourd'hui, la future mariée, c'est moi. Dois-je te rappeler que tu es ma demoiselle d'honneur ?

Jo. C'était ainsi que Melissa l'appelait depuis qu'elles s'étaient toutes deux liées d'amitié, dans le pensionnat pour jeunes filles le plus huppé de Grande-

Bretagne, où elles avaient suivi leurs études. Que c'était bon de retrouver Melissa, si naturelle, si spontanée ! Pour Joséphine, c'était comme si elle rentrait à la maison...

Mais son véritable foyer se trouvait de l'autre côté de l'Atlantique, sur une île pas plus grande qu'un mouchoir de poche, un petit caillou perdu au milieu de la Méditerranée, et qui répondait officiellement au nom de principauté de Montclair.

— Il doit être riche, poursuivit Jo. Il me faut l'un des cinq cents hommes les plus fortunés du pays, et nous devons le trouver avant ton mariage.

— Trouver un mari en cinq jours ? Et riche à millions, par-dessus le marché ? Tu as perdu la tête !

Jo s'assit sur le grand lit de Melissa et leva son regard clair sur son amie.

— Il est impératif que je sois mariée le jour de mon retour en Europe, martela-t-elle, consciente de la tonalité dramatique de sa voix.

Dans un soupir de résignation, Melissa s'assit à côté d'elle.

— C'est bon, maugréa-t-elle. Raconte-moi tout. Quelle est la dernière trouvaille de Bonifay ?

Gilbert Bonifay, Premier ministre de Montclair, était un redoutable homme d'Etat, dévoré d'ambition, et surtout peu scrupuleux quant aux moyens à mettre en œuvre pour parvenir à ses fins. Un Richelieu en costume trois-pièces, comme le définissait Jo.

— Figure-toi qu'il vient d'exhumer un décret royal vieux de plusieurs siècles stipulant que tout prétendant au trône doit être marié au matin de son vingt-cinquième anniversaire. C'est une mesure qui a été prise par un de mes lointains ancêtres à l'article de la mort, pour forcer au mariage son fils unique qui renâclait à produire un héritier.

— Bonifay ne t'a informée de cette disposition qu'il y a trois semaines ! Il ne pouvait pas y songer plus tôt ?

— Il prétend que cela lui était sorti de l'esprit, qu'il était trop occupé à tenter de redresser l'économie défaillante de Montclair.

— Et comme par enchantement, il t'a sorti un fiancé miracle de son chapeau ? devina Melissa.

Jo battit des cils pour chasser l'image qui se présentait devant ses yeux. Son fiancé ! Rien que de songer à lui, elle sentait un frisson de répulsion la parcourir.

— Un dénommé Alphonse Piquet, confirma-t-elle d'une voix atone. L'une des plus belles fortunes de France, bâtie à la force du poignet, comme il se plaît à le répéter. Il a commencé comme docker, à Marseille.

— C'est ça qui te gêne ? s'étonna Melissa.

— Pas du tout. Ce qui me gêne, c'est qu'il est plus âgé que mon propre père, qu'il est obèse, chauve, grossier, et surtout qu'il s'apprête à ruiner mon pays.

— Que veux-tu dire ?

— Des ingénieurs travaillant pour son compte ont effectué des sondages dans le sous-sol de Montclair. Une bonne partie du socle rocheux est constitué de marbre, et de la plus belle qualité, à ce qu'il paraît. Du jour où M. Piquet deviendra prince consort, il expédiera ses équipes d'ouvriers à l'assaut du rocher. Dans un an, Montclair ne sera plus qu'une vaste carrière. Dans dix ans, il n'en restera plus qu'un tas de pierres.

— Et comme par hasard, Bonifay se sera enrichi dans l'opération..., conclut Melissa, le visage sombre. Je suppose que tu as vérifié que ce décret existe bel et bien ?

— Oui, je l'ai trouvé dans un manuscrit poussiéreux, daté de 1437.

— Autre chose, poursuivit Melissa, faisant preuve une fois de plus de ce formidable esprit pratique que Jo admirait tant. Comment se fait-il qu'on ne mentionne nulle part les noces imminentes de la princesse de Montclair et de son fiancé ?

— J'ai réussi à obtenir de mon père et de Bonifay qu'ils attendent mon retour en Europe pour faire l'annonce officielle.

Une expression soucieuse sur le visage, Melissa se leva et marcha jusqu'à la fenêtre.

— Je sais que j'ai été trop insouciante, plaida Joséphine. Mais tu me connais, je ne me suis jamais senti l'étoffe d'une princesse. Tout ce qui m'intéresse, ce sont mes chevaux.

— Ne te fais aucun reproche. C'est ton père qui est à blâmer. Après tout, c'est bien lui le souverain en exercice, non ?

Joséphine sentit les larmes lui monter aux yeux. Son père ne s'était jamais remis du décès de son épouse, vingt-cinq ans plus tôt, peu de temps après la naissance de leur fille unique. Depuis un quart de siècle, son trop efficace Premier ministre régnait de fait sur la minuscule — mais autrefois riche — principauté de Montclair, dont il rêvait de restaurer la splendeur passée, pour son propre bénéfice.

— Cette fois-ci, c'est sérieux, reprit Melissa en se tournant vers son amie d'un air résolu. Tu as raison, nous devons à tout prix te trouver un mari. Papa a invité certaines de ses relations d'affaires pour le mariage. Je serais étonnée qu'il n'y ait pas parmi eux un célibataire ravi d'épouser une authentique princesse !

— Tu es sûre que ça va marcher ? demanda Joséphine en ajustant la perruque blond platine dont Melissa venait de recouvrir sa longue chevelure noire.

— Non, mais nous n'avons pas d'autre solution.

Joséphine réprima un soupir de désolation.

— Dire que tu es sur le point de partir en voyage de noces ! Ce serait plutôt à moi de t'aider à te changer, à présent que tu es mariée.

— Tu m'as aidée ! Il m'a fallu exactement neuf minutes pour ôter ma tenue de cérémonie et passer cette petite robe. A mon tour de t'aider à te préparer, maintenant.

Tremblante d'anxiété à l'idée de l'acte qu'elle s'apprêtait à commettre, Joséphine étudia pour la dernière fois son reflet dans le miroir de la chambre de Melissa. A la place de son propre visage, c'était celui d'une étrangère qu'il lui semblait voir. Elle laissa échapper un gémissement de désespoir.

— Avec ce truc sur la tête, j'ai vraiment l'air d'une... d'une...

— ... d'une auto-stoppeuse un brin vulgaire ? Génial ! On dirait ma cousine Betty. Tes gardes du corps n'y verront que du feu.

Mélissa détailla du regard la silhouette de Joséphine.

— Evidemment, les auto-stoppeuses habillées en Versace ne courent pas les routes. Mais après tout, c'est la tenue que portaient mes onze demoiselles d'honneur aujourd'hui, et le fait que celle-ci soit d'une autre couleur que la tienne t'aidera à passer incognito. Ne regarde pas tes gorilles dans les yeux, et tâche d'avoir l'air un peu moins coincée. Pendant que tu traverseras la cour vers les écuries, dis-toi que tu as un rendez-vous torride avec le gars le plus sexy de la région !

Joséphine ne s'était jamais habituée aux allusions graveleuses de Melissa. Rougissante, elle croisa le regard de son amie.

— Quand même... tu es sûre que je ne suis pas sur le point de commettre une énorme bêtise ?

— Aucun des célibataires que je t'ai présentés n'a fait l'affaire. Dois-je te rappeler que nous en avons discuté pendant des heures, et que c'est le meilleur plan que nous ayons trouvé ? Evidemment, si j'avais eu plus de temps...

— Tu as fait de ton mieux, Melissa, l'interrompit Jo.

Tu ne pouvais décemment pas manquer les nombreuses soirées données en l'honneur de ton mariage.

Melissa lui adressa un petit sourire contraint.

— Ma pauvre chérie ! Crois-tu vraiment que c'était moi, le clou de ces soirées ? Toutes les meilleures maîtresses de maison de Sacramento se serait damnées pour recevoir une authentique princesse chez elles !

— Je ne suis pas sûre que...

— Peu importe. Nous n'avons pas réussi à te dégotter un mari convenable. Ce qui compte, maintenant, c'est de t'en trouver un... pas convenable. Un cow-boy fera parfaitement l'affaire.

— Je n'ai plus d'autre recours que de demander au premier venu de m'épouser, n'est-ce pas ?

— Exactement, et ce n'est pas le moment de te dégonfler, ma fille. Il y a un rodéo qui commence d'ici une heure, à la limite sud de notre propriété. Tu connais le chemin, je te l'ai montré hier, lorsque nous sommes allées faire un tour à cheval. Un cow-boy sera le dernier à soupçonner qui tu es... et il sera le dernier à qui Bonifay songera quand il te fera rechercher !

— J'ai peur de ne pas avoir assez de cran pour demander de but en blanc à un inconnu de m'épouser.

— Ne fais jamais ça ! s'écria Melissa. Ces types-là ont horreur qu'on leur donne des ordres ! Contente-toi de suggérer que tu offres une récompense de plusieurs milliers de dollars à celui qui acceptera d'être ton mari quelque temps... et que le mariage devra impérativement être consommé.

Joséphine sentit le regard admiratif de son amie étudier sa silhouette.

— Avec le physique que tu as, ton problème ne devrait pas rester longtemps insoluble ! ajouta Melissa avec un clin d'œil complice.

Joséphine aurait préféré éviter ce genre de détails. A vrai dire, elle manquait singulièrement d'enthousiasme à l'idée de se donner à un parfait étranger, fût-ce son propre époux. Mais l'équation était simple. Un mariage non consommé n'aurait aucune valeur légale, et Bonifay aurait tôt fait de l'annuler, laissant de nouveau la voie libre à l'épouvantable Alphonse Piquet. Et cela, il n'en était pas question...

— Si je pouvais t'accompagner ! soupira Melissa. Fais-moi confiance, je te trouverais le cow-boy le plus mignon de tout le pays !

Joséphine secoua la tête.

— Même si c'était le cas, je ne te laisserais pas faire. Je vais devoir « disparaître » durant quelques semaines, et moins tu en sauras, moins on t'ennuiera. Je t'ai déjà donné suffisamment de soucis. Allons, madame Denton, Peter doit s'impatienter, et vous allez rater votre avion. Ne commence pas à faire attendre ton mari dès le premier jour ! Tu as bien caché les vêtements et l'argent dans la sellerie, comme convenu ?

— Derrière la deuxième rangée de selles sur la gauche.

Melissa s'approcha de son amie et la prit dans ses bras. Joséphine avait eu le temps de voir briller une larme dans ses yeux.

— Qui l'aurait dit ? murmura Melissa. Me voici mariée, et ce sera bientôt ton tour !

— Avec un peu de chance, sourit Joséphine.

— Fais bien attention à toi, Jo. Après tout, c'est la première fois que tu vas devoir te débrouiller toute seule.

— Ne t'inquiète pas. Tu connais la devise des Francœur de Beaulieu ? A cœur franc, rien d'impossible !

— Me voilà rassurée, ironisa Melissa en se séparant de Joséphine pour prendre son sac à main.

— Allez, sauve-toi vite. Je profiterai des effusions de votre départ pour me glisser discrètement vers les écuries.

Après un dernier baiser, Melissa sortit de la chambre. Quelques instants plus tard, Joséphine entendit les cris de joie saluant le départ des jeunes mariés en voyage de noces. Rassemblant son courage, elle se faufila dans le vaste hall, à présent désert. Sur une table, elle saisit au vol une bouteille de champagne et deux flûtes en cristal. Les accessoires rêvés pour parfaire son déguisement, se dit-elle en souriant de sa propre audace.

S'efforçant de calmer les battements de son cœur, elle traversa la cour et se rendit aux écuries, où elle arriva sans avoir été inquiétée. Après avoir abandonné le champagne et les flûtes sur une balle de foin, elle releva le bas de sa longue jupe d'organdi et courut entre les stalles, sous le regard placide des douzaines d'étalons et de pur-sang que possédait le père de Melissa. L'atmosphère familière de l'écurie lui rendit un peu de courage. Mais elle n'avait pas le temps de s'attarder !

Elle se rua dans la sellerie, où elle chercha la seconde rangée de selles sur la gauche. Rien. Inquiète, Joséphine souleva chaque selle l'une après l'autre pour les examiner. Le paquet ne s'y trouvait pas. Quelqu'un avait dû le trouver avant elle et le rapporter à la maison... ou le subtiliser.

Que faire ? Elle n'avait pas un dollar en poche, et pour seul vêtement la robe de demoiselle d'honneur offerte par Melissa. Refusant de se laisser décourager, Joséphine abaissa les yeux sur sa tenue. Sa jupe était taillée dans une étoffe délicate, mais très évasée, ce qui ne risquerait pas de l'entraver pour monter à cheval. Et la parure de diamants, un tour de cou et une paire de pendants d'oreilles, qu'avait offert le père de Melissa aux demoiselles d'honneur devait pouvoir s'échanger contre des billets, moins jolis mais plus utiles...

⁂

— Donc, Hardin, je compte sur toi.

Buck Buchanan leva les yeux au ciel en étouffant un grognement de contrariété. Sa mère serait-elle un jour capable de lui lâcher un peu la bride ?

— Ta présence à l'anniversaire de ton père est impé-ra-tive, martela-t-elle. Il serait très déçu que tu ne sois pas des nôtres. De plus, il est hors de question de laisser Susan sans cavalier.

Buck ne savait pas ce qu'il détestait le plus chez sa mère, de son exaspérante habitude de l'appeler par son prénom de naissance ou de l'infernal entêtement qu'elle mettait à le présenter à de jeunes héritières californiennes, chacune réunissant « toutes les qualités d'une parfaite épouse, mon chéri ».

— Bien, résuma Mme Buchanan mère, tu n'as pas oublié que c'est demain soir, n'est-ce pas ?

— Demain soir ? Dans ce cas, je ne pourrai pas. Désolé, maman. Je serai en route pour...

— Impossible, Hardin. C'est toi qui organises cette soirée.

— Pardon ?

— Je t'appelle depuis Double Star. Comment crois-tu que je me suis procuré ton numéro de portable ? Je l'ai trouvé sur la facture de téléphone, dans le tiroir de ton bureau.

Dans un geste de colère, Buck serra le poing et l'envoya contre la paroi métallique de son camping-car. Dehors, son cheval émit un petit hennissement de protestation. Buck connaissait la haine que nourrissaient ses parents pour Double Star, le ranch qu'il avait hérité de son grand-père. Le fait que sa mère ait choisi d'organiser cette soirée chez lui et non dans leur luxueuse propriété de Sacramento était un signe qui ne trompait pas. Après des années de lutte opiniâtre — mais infructueuse — pour le voir convoler en justes noces, elle intensifiait son offensive et passait au plan B. Ayant finalement compris qu'il préférait l'existence rude de la campagne aux raffinements des salons de la haute société, elle tentait de l'amadouer en amenant le jeu sur son terrain à lui.

Le procédé était ingénieux, songea Buck, admiratif malgré lui. Mais voué à l'échec. Car Buck n'avait pas l'intention de faire la cour à Susan, pas plus qu'à la douzaine d'autres jeunes personnes du meilleur monde qui l'avaient précédée, et qui semblaient toutes sorties du même moule. Coiffées et manucurées comme si elles passaient leurs matinées entières dans des salons de beauté — ce qui était peut-être le cas — et insupportablement égoïstes. En véritables enfants gâtées, ces demoiselles n'avaient jamais travaillé, et elles auraient poussé des cris d'horreur à la simple idée de transpirer ailleurs qu'au bord d'une piscine ou dans un sauna.

Quant à ses parents, qui s'étaient battus toute leur vie pour s'élever au-dessus de leur condition de simples fermiers, ils comptaient sur une alliance entre lui et l'héritière d'une famille huppée de Sacramento pour sceller définitivement leur ascension sociale.

— Hardin, je compte sur toi, reprit sa mère d'une voix soudain plaintive. Sois gentil, pour une fois !

Ah, elle maniait à merveille la force et la douceur ! songea Buck, qui se savait incapable de résister aux volontés maternelles. Après l'autorité, voilà qu'elle sortait la carte de la culpabilisation. Un petit jeu auquel elle excellait...

— C'est bon, capitula Buck. J'y serai.

— Parfait. A demain, mon chéri.

D'un geste rageur, Buck pressa la touche « Fin » et jeta le téléphone sur son lit, ou plus exactement sur la couchette qui en tenait lieu, fixée contre la paroi du camping-car. Pourquoi avait-il répondu lorsque ce maudit appareil avait sonné ? Il aurait dû se douter qu'à cette heure-ci, ce ne pouvait pas être son avocat. Après une heure de concentration intense à surveiller les cours de la Bourse sur Internet, il avait manqué de prudence, et décroché machinalement. Comme s'il était dans son bureau...

Maintenant, il était pris au piège ! Il allait devoir assister à cette fichue soirée, et supporter la présence de sa mère jusqu'à ce qu'elle l'ait persuadé de se marier — ou qu'elle se soit lassée, ce qui était hautement improbable. Elle s'était mis en tête de le « caser » avant ses trente ans, et l'échéance fatidique approchait à grands pas.

Buck ouvrit à la volée la porte du camping-car et sauta dehors, négligeant les trois marches qui descendaient de l'étroit espace qui constituait son domicile la majeure partie de l'année. Les talons biseautés de ses santiags soulevèrent un nuage de poussière tandis qu'il se dirigeait vers son cheval.

Agamemnon, qu'il surnommait Aggie, était attaché à l'arrière du camping-car. Le splendide pur-sang leva vers lui son beau regard intelligent, comme pour demander : « Alors, madame mère t'a encore retourné comme une crêpe ? »

— Ne m'en parle pas, Aggie ! soupira Buck en flattant le museau de l'animal. Mais qu'est-ce que je pouvais faire, hein ?

« Laisse-toi mettre le grappin dessus, fiston. Elle n'aura plus aucune prise sur toi. »

Buck s'immobilisa. Les paroles de son grand-père résonnaient encore à ses oreilles, comme si le vieil homme, disparu depuis des années, venait à l'instant de les prononcer. Quand Buck était revenu à la maison avec en poche sa maîtrise de Finances de la prestigieuse Wharton School of Business, et que sa mère s'était mise à le harceler pour qu'il fonde un foyer, il avait pris l'habitude de se réfugier à Double Star, auprès de Grand-Pa Buchanan, le seul membre de sa famille à le comprendre vraiment. A la mort de ce dernier, Buck s'était pris d'une passion pour le rodéo, ce qui lui permettait d'être sur les routes la plupart du temps, loin de sa mère et de ses caprices d'entremetteuse.

« Laisse-toi mettre le grappin dessus. » Tout en sellant Agamemnon, Buck envisagea le conseil du vieux sage avec un intérêt nouveau. Il ne pourrait pas passer sa vie à fuir ses propres parents, et toutes les suggestions étaient les bienvenues. Bien sûr, le fait d'être marié constituerait un obstacle majeur aux visées maternelles. Mais Buck n'imaginait pas d'épouser une femme qu'il n'aimerait pas, et il n'avait pas encore rencontré celle qu'il aimerait toute sa vie.

Il n'avait qu'une certitude : elle ne ressemblerait pas à ces petites filles riches incapables de se préoccuper d'autre chose que de la prochaine soirée mondaine, et de la robe de grand couturier qu'il leur faudrait impérativement se faire offrir pour l'occasion.

Ce qu'il voulait, c'était une femme aussi à l'aise dans un camping-car que sur le dos d'un cheval, et qui ne craigne pas de se salir les mains à nettoyer les stalles. Une jolie amazone, sensuelle et délurée — les femmes un rien provocantes l'avaient toujours attiré. Mais elle devrait également être intelligente et cultivée, car comme disait le grand-père Buchanan : « Le mariage, c'est cinquante ans de conversation. »

Buck émit un petit rire sarcastique. Comme si une telle femme pouvait exister ! Après avoir fait monter Aggie dans sa remorque, aménagée dans la partie arrière du camping-car, Buck monta dans la Chevrolet qui la tractait et quitta le camping. Bientôt, il roulait vers le terrain de rodéo McCann, à Auburn. Après tout, il n'avait peut-être pas envisagé la question sous le bon angle. Qui parlait de se marier pour la vie ? Ce qui comptait, c'était de décourager sa mère. Il lui suffirait donc de proposer une récompense à une jeune fille pour l'épouser. Ils divorceraient six mois plus tard, et il aurait bien sûr besoin d'une très longue période pour se remettre de ce traumatisme. D'ici là, sa mère aurait renoncé à ses projets, et lui aurait eu le temps de rencontrer la femme de sa vie.

Buck sourit. Il tenait la clé de son problème...

Il ne lui restait plus qu'à trouver la fille. La plus sexy possible, de préférence.

— Whaouh ! C'est pas joli, ça ?

Buck attacha la longe d'Agamemnon à la barrière et se retourna pour voir ce qui déclenchait une telle admiration chez Jeff, son partenaire de rodéo.

Une jeune femme venait de surgir de derrière un camping-car. D'une classe à couper le souffle, elle rayonnait d'une incroyable beauté. Estomaqué, Buck la regarda traverser la piste tout en menant sa jument derrière elle. Cette fille possédait la démarche élégante et chaloupée d'un mannequin parisien, en dépit de son costume de parade à la limite de la provocation constitué d'une minuscule veste aux couleurs du drapeau étoilé et d'un jean blanc si serré qu'on l'eût dit peint à même sa peau...

Sous le regard hypnotisé de Buck, elle ralentit le pas et, dans un imperceptible déhanchement, se tourna pour tirer sur la couture arrière de son pantalon. C'était à la fois si naturel et si sexy que Buck réagit aussi instantanément que si elle avait entamé un strip-tease sensuel devant lui...

— Sapristi ! marmonna-t-il entre ses dents.

Son collègue émit un long sifflement appréciateur.

— Jamais vu cette fille par ici. Tu la connais, Buck ?

— Ce doit être cette starlette que le directeur du rodéo a fait venir. A moins que ce ne soit celle que je cherche.

— Tu dis ?
— Rien.
Sous le coup d'une impulsion, Buck détacha la longe de sa monture.
— Je vais la prévenir qu'ils l'attendent, dit-il.
— Hé, je l'ai vue le premier ! protesta son camarade.
— Pas de chance, vieux, répliqua Buck avec un sourire carnassier. Elle est pour moi.
Après avoir franchi les quelques pas qui le séparaient de la jeune beauté, Jo s'immobilisa derrière elle et la héla.
— Salut, princesse !
En s'entendant ainsi apostropher, Joséphine sursauta et se retourna prestement.
Devant elle, se tenait un splendide cow-boy, grand, costaud, large d'épaules, et doté du sourire le plus ravageur qu'elle eût jamais vu. Etait-ce l'impression de force physique qui se dégageait de lui ou la crainte d'avoir été si vite retrouvée ? Joséphine sentait son cœur battre la chamade.
— Que... Comment...
Avec un regard à faire fondre les rochers de Montclair, il précisa :
— Dépêchez-vous, ils vous cherchent.
— Ah bon ? s'étonna-t-elle, tentant désespérément de réfléchir de façon cohérente.
Comment pouvait-on déjà avoir retrouvé sa piste ? Elle avait mis une bonne heure à franchir la distance depuis le ranch Porter. En outre, le soir tombait déjà, et elle avait espéré que son entourage n'aurait pas encore découvert sa fuite.
— Bien sûr ! On ne peut pas commencer la parade d'ouverture du rodéo si toutes les princesses ne sont pas là.
— Toutes les princesses ?
— Toutes les six, sans compter la reine. Vous avez eu le temps de répéter avec les autres ?

— De répéter avec... ? Non, je...

Jamais Joséphine ne s'était sentie aussi stupide. Mais comment réfléchir, sous le regard bleu qui la retenait captive ? Cet homme devait faire allusion aux parades qui annonçaient généralement l'ouverture des rodéos. Mais pourquoi voulait-il donc qu'elle y prenne part ? Un rapide coup d'œil circulaire lui donna la réponse. Malgré la lumière déclinante du jour, Joséphine discerna deux, non, trois jeunes femmes vêtues de la même façon qu'elle.

« Mon Dieu, je ne suis même pas capable de voler ce qu'il faut ! » pensa-t-elle avec dépit. Lorsqu'elle était arrivée aux abords du terrain de rodéo, elle avait rapidement compris que sa tenue très haute couture attirerait l'attention sur elle aussi sûrement qu'un panneau « princesse en fuite » épinglé dans son dos. Aussi s'était-elle faufilée dans l'enceinte du terrain de camping, où elle avait aperçu, accroché à l'extérieur d'un camping-car, une amusante veste aux couleurs vives et un pantalon blanc à sa taille. Il y avait même une adorable paire de bottines de cuir et un ravissant chapeau pour parachever le déguisement !

Tandis qu'elle se changeait, Joséphine avait cru voir le camping-car s'agiter en rythme sur ses suspensions, tandis que de sourds gémissements en provenaient. Peut-être la propriétaire des vêtements était-elle malade ? Dans ce cas, cela ne la dérangerait sûrement pas qu'on les lui « emprunte ». D'ailleurs, Joséphine lui laissait sa robe Versace. L'inconnue ne perdait pas au change !

— Vous êtes bien l'une des princesses de la parade ? interrogea l'homme, la ramenant à l'instant présent.

Tout allait de mal en pis ! Si elle répondait positivement, elle devrait se joindre à cette représentation dont elle ignorait tout, ce qui lui ferait perdre un temps précieux. Mme de Savoie n'allait pas tarder à la faire rechercher, et Joséphine devait impérativement être mariée dès qu'on la retrouverait. Mais si elle essayait de nier, cela reviendrait à avouer son vol. On l'enverrait directement en prison, où Bonifay n'aurait plus qu'à venir la récupérer. Non, Joséphine ne voyait pas d'issue...

— Tout va bien, mademoiselle ?

— Je ne sais pas..., murmura-t-elle, indécise.

— Bah, ce n'est pas compliqué. Vous n'avez qu'à faire le tour de la piste à cheval en tenant le drapeau d'un des sponsors. Venez, je vous accompagne.

Hésitante, Joséphine laissa son regard errer sur la large carrure de l'inconnu.

— Mais... qui êtes-vous ? demanda-t-elle.

L'homme toucha le bord de son chapeau du bout de ses doigts et sourit de plus belle, creusant deux délicieuses fossettes dans sa mâchoire carrée.

— Buck Buchanan. C'est un plaisir de faire votre connaissance, mademoiselle...

— Jos..., commença Joséphine, avant de se mordre les lèvres, et de reprendre : Freeheart. Jo Freeheart.

— Enchanté, Jo. Et maintenant venez, je vous emmène rejoindre les autres, répondit le cow-boy en la prenant par la main.

Une intense sensation de chaleur se déversa soudain dans ses veines, tandis qu'il plaquait la paume de sa main contre la sienne et lui enlaçait les doigts dans un geste d'une sensualité brûlante. C'était la première fois qu'un homme la tenait par la main... et c'était une première fois qu'elle n'était pas près d'oublier ! Durant les rares bals auxquels elle avait assisté à Montclair, elle n'avait connu que le respectueux frôlement des doigts d'un cavalier hautain sur sa main gantée de soie, et c'était là sa seule expérience dans ce domaine... Le cœur battant, elle suivit l'inconnu — Buck — à travers la foule.

— Jo ? demanda-t-il en s'arrêtant soudain.

— Oui ?

— Ça vous dirait de me retrouver, après mon passage sur la piste ? Je vous offre une bière et un hot dog !

— Eh bien...

Au nom du ciel, qu'était-on censé répondre à une telle proposition ? Aucune des règles de bienséance inculquée au pensionnat ne mentionnait une invitation à partager une bière et un hot dog. Joséphine sourit. Puisque plus aucune étiquette ne lui dictait la conduite à tenir, à elle de l'inventer ! Pour la première fois de sa vie, rien ne la liait, ni obligation, ni protocole, et elle avait bien l'intention de profiter des quelques heures de liberté qui s'offraient à elle...

— J'accepte avec plaisir, répondit-elle, en espérant ne pas conférer un ton trop cérémonieux à ses propos — mais comment oublier qu'on est princesse, après tant d'années passées derrière les barreaux d'une cage dorée ?

Alors, dans un geste totalement inattendu, Buck se pencha vers elle et pressa ses lèvres sur les siennes. Le souffle coupé par le manque d'oxygène, elle se raidit... et une seconde plus tard, plus rien n'existait que le doux contact de la bouche de Buck sur la sienne. Laissant échapper un gémissement sourd, Joséphine se serra contre Buck, et lui rendit son baiser.

Longtemps, très longtemps plus tard, il s'écarta d'elle, le souffle court et le regard voilé.

— Sapristi ! gronda-t-il.

Joséphine ouvrit les yeux.

— Vous m'avez embrassée ! murmura-t-elle, choquée de sa propre audace.

— Ouaip, ma jolie. Et je vais recommencer.

— Pourquoi ?

— Pour me porter chance. Dans l'état où je suis, je crois que je vais battre des records, rien que pour revenir plus vite près de vous.

— Dans ce cas, vous pouvez m'embrasser encore.

Un instant plus tard, Buck avait de nouveau refermé ses lèvres sur celles de Joséphine. Il était tendre et impatient à la fois, autoritaire mais très doux... Telle une traînée de feu, la passion se répandit dans le corps de Joséphine, tandis qu'un étourdissement la faisait vaciller. Soudain faible, la jeune femme se raccrocha au cou de Buck. Aussitôt, elle sentit qu'il l'encerclait de ses bras musclés, la plaquant contre lui avec plus de vigueur.

— Ah, la voilà ! fit alors une voix. Laisse ton amoureux cinq minutes, Candy, ou la parade va commencer sans toi.

Très lentement, les paroles du directeur du rodéo s'infiltrèrent jusque dans l'esprit embrumé de Buck. A regret, ce dernier s'arracha aux lèvres de Jo. Sa compagne souleva doucement ses paupières, révélant la lueur ambrée de son regard insondable. Elle était prête à s'abandonner à lui, il l'aurait juré. Pourquoi fallait-il qu'on vienne le déranger maintenant, alors qu'il venait de rencontrer la belle amazone qu'il attendait depuis si longtemps ?

— Jo ? murmura-t-il, ses lèvres contre les siennes.

— Hmm ?

— Au diable la bière et le hot dog ! Veux-tu m'épouser ?

2.

— Oui, acquiesça-t-elle, un léger sourire aux lèvres.

Elle s'était vite reprise. A peine si elle avait hésité !

— Alors, Candy, tu viens ?

La voix du directeur du rodéo les ramena à la réalité.

— Mais, vous n'êtes pas Candy ! s'écria l'homme une fois que Jo se fut tournée vers lui.

Buck, quant à lui, préféra ignorer délibérément l'intrus. Le beau visage de Jo était bien plus agréable à contempler, avec ses sourcils bruns et sa peau mate qui lui suggéraient qu'elle n'était pas une vraie blonde, ce dont par ailleurs il se fichait éperdument ! Plus alarmante était cependant l'absence totale d'excitation de la part de sa compagne. La proposition qu'elle venait d'accepter l'engageait tout de même un peu plus qu'une bière et un hot dog !

Jo devait croire qu'il avait plaisanté. Elle ne pouvait savoir qu'il était Hardin Winford Buchanan II, l'héritier de l'homme le plus riche de Sacramento, et millionnaire lui-même. Comment aurait-elle pu le deviner ? Il avait toujours dressé une cloison étanche entre Hardin l'homme d'affaires et Buck le cow-boy.

— Je suis très sérieux, précisa-t-il.

— J'espère bien.

— Qu'est-ce que c'est que ce bazar, Buck ? s'impatienta le directeur. Où est passée Candy ?

— Un instant, Hal, répondit Buck sans quitter Jo du regard. Je pose quelques conditions, reprit-il à l'intention de sa compagne.

— Moi aussi, répliqua-t-elle du tac au tac.

— Très bien. Dans ce cas, nous en discuterons en route. Reno n'est qu'à deux heures d'ici, nous pouvons être mariés ce soir. Si aucun de nous ne change d'avis entre-temps.

Après qu'elle eut acquiescé, Buck se tourna vers Hal.

— Désolé mon vieux. Je te présente Jo, elle remplace Candy.

— Ah bon ? Dans ce cas, pas de temps à perdre. Nous sommes déjà en retard.

Sans un mot, Jo obtempéra. Posant les mains sur la selle, elle se hissa gracieusement sur sa jument, laissant tout loisir à Buck d'admirer son physique. Plutôt grande pour une femme, elle était ferme et musclée, avec une taille et des attaches d'une incroyable finesse. Exactement ce qu'il aimait ! Incapable de résister à la tentation, il la saisit par la taille pour accompagner son mouvement.

Une princesse sur son trône, songea-t-il un instant plus tard, subjugué par le regard royal de sa compagne. Soudain, elle se pencha vers lui.

— Embrasse-moi encore, murmura-t-elle d'une voix feutrée.

Mais comment s'y prenait-elle ? Fouetté par le contraste entre la dignité de son maintien et la sensualité de son invitation, Buck sentit de nouveau son rythme cardiaque s'accélérer. Cette fille possédait un don pour le mettre dans tous ses états !

Il devait résister à la tentation de poser la main sur elle, ou il ne répondait de rien.

— Nous aurons toute la vie pour nous embrasser, répondit-il. Maintenant vas-y, et viens me retrouver dès que je serai passé.

Après avoir donné un petit coup sur le flanc de sa monture pour la faire partir, il regarda Jo s'éloigner pour prendre sa place parmi les autres majorettes, qui la dévisageaient avec curiosité. Mais aucune d'entre elles ne pouvait être aussi intriguée que lui !

« Embrasse-moi encore », lui avait-elle demandé.

Une vraie princesse. Sa princesse, si elle ne changeait pas d'avis d'ici à la fin de la soirée. Aurait-il déjà rencontré la femme idéale ? C'était trop beau pour être vrai... Car en plus d'être belle, elle était incroyablement désirable, à la fois confiante et sauvage, provocante et distinguée. La femme dont il avait toujours rêvé — mais aussi celle qui représentait le cauchemar de sa mère.

Buck se sourit à lui-même, ravi du tour que prenait cette soirée si mal commencée.

— Quatre secondes et six centièmes ! hurla l'arbitre dans son haut-parleur. Le meilleur temps de la soirée, les gars. Buck Buchanan a le diable au corps, ce soir !

Dieu merci, le concours touchait à sa fin ! Dissimulée entre deux camping-cars, Joséphine parcourut du regard l'assemblée qui se pressait derrière les barrières. Et si Buck avait changé d'avis ? Ce serait une catastrophe !

D'ailleurs, elle venait déjà de frôler le désastre. Quelques minutes auparavant, après avoir ouvert le portail du ranch Porter à sa jument pour la renvoyer à la maison, Jo n'avait évité une jeune femme vêtue en Versace qu'en bondissant derrière une voiture à la dernière seconde.

Au même instant, elle avait remarqué deux policiers traversant le terrain de camping pour montrer à tous ceux qu'ils croisaient une photographie. Probablement son portrait, avait déduit Joséphine en gagnant discrètement l'ombre propice de deux grands camping-cars.

Depuis, elle attendait, le cœur battant la chamade. Allait-elle longtemps échapper aux recherches dont elle faisait l'objet ? Chaque seconde qui passait l'éloignait de son salut. Si Buck ne revenait pas rapidement, elle ne donnait pas cher de ses espoirs d'échapper au pire.

Enfin, Buck ! Avec soulagement, elle reconnut sa haute silhouette à quelques pas d'elle. Tandis qu'elle le regardait s'approcher dans sa direction, tournant la tête de tous côtés, elle comprit qu'il ne l'avait pas aperçue.

— Pstt ! chuchuta-t-elle sans quitter son abri. Par ici !

Il tourna enfin les yeux vers elle.

— Ma princesse ! s'exclama-t-il d'une voix de stentor.

Mon Dieu ! Il allait alerter tout le rodéo ! Il fallait absolument le faire taire.

— Chut ! Dépêchez-vous !

Agréablement surpris de l'impatience de Jo, Buck s'approcha à pas de loup.

— Que fais-tu dans le noir, tu veux encore des baisers, mon petit cœur ? Me voilà, et en pleine possession de mes moyens. Tu n'as rien perdu pour attendre !

Mais après l'avoir saisi par le bras pour l'attirer dans l'ombre, au lieu de lui tendre ses lèvres comme il s'y attendait, elle le supplia d'une voix nerveuse :

— Pouvons-nous partir maintenant ?

Désarçonné par son comportement, vexé de se voir refuser ce baiser dont il mourait d'envie depuis plus d'une heure, Buck repoussa son chapeau en arrière pour mieux voir Jo.

— Si tu veux. Qu'as-tu fait de ta jument ?

— Je l'ai rendue. Elle n'était pas à moi.

Buck fit mine d'acquiescer. Quelque chose dans l'attitude de Jo ne collait pas. Au lieu d'être excitée par l'aventure qu'il lui proposait, la jeune femme semblait nerveuse, pressée de quitter les lieux. Exactement comme une femme cherchant à échapper à un poursuivant — peut-être un mari jaloux, ou un père furieux ?

— Tu n'es pas déjà mariée, au moins ?

Elle se contenta de secouer la tête avec véhémence, et son casque de cheveux blonds glissa légèrement, révélant une mèche brune. Une perruque ! Buck sourit. Qui portait ce genre d'accessoire, à part les vieilles dames et les meneuses de parade ?

— Non, dit-elle. Mais... mon père veut que j'épouse un homme que je déteste. C'est pour ça que je me sauve et que j'ai besoin de ton aide.

— Je parie que ce type est plein aux as ? demanda Buck, rasséréné.

— Oui. Et il est encore plus laid que riche. Je t'en supplie, emmène-moi. Je n'ai pas d'argent pour l'instant, mais il me reste des bijoux. Si j'arrive à les vendre, je te paierai.

— Me payer ? s'insurgea Buck.

Plus de doutes sur ce point : elle n'avait pas la moindre idée de qui il était !

— C'est gentil, mon petit cœur, mais je n'en ai pas besoin. Dis-moi juste une chose. Tu es majeure, n'est-ce pas ?

— J'aurai vingt-cinq ans dans trois semaines.

— Alors c'est parfait. Je charge Agamemnon, je vais récupérer mon chèque et nous sommes partis.

— Je peux m'occuper du cheval, nous irons plus vite.

— D'accord, acquiesça-t-il après une légère hésitation.

D'un geste, il désigna la camionnette rouge et sa remorque, dont une partie était aménagée en camping-car.

— C'est là. La porte est ouverte.

S'emparant des rênes d'Aggie, Jo approcha la main de son museau pour le laisser s'habituer à son odeur, avant de lui flatter doucement l'encolure.

— Tu as bien travaillé, ce soir, murmura-t-elle. Tu vas voir comme je vais te bouchonner !

Le moins qu'on puisse dire, c'était qu'elle savait parler aux chevaux ! Admiratif, Buck s'approcha d'elle pour déposer un rapide baiser sur ses lèvres.

— Je reviens dans dix minutes.

Il n'avait pas l'intention de perdre une minute de plus !

⁂

— Comment arrives-tu à supporter cette perruque ?

Surprise, Joséphine quitta des yeux le rétroviseur dans lequel elle guettait d'éventuels poursuivants. Après avoir quitté Auburn, une vingtaine de minutes auparavant, ils se dirigeaient vers le Nevada. Tout en conduisant, Buck tendit une main vers elle et tira doucement sur la perruque.

— D'accord, je ne suis pas vraiment blonde, admit-elle en ôtant avec soulagement son postiche. Ça t'ennuie ?

— Non, mais je commence à me demander jusqu'à quel point tout ce que je vois est vrai, répliqua-t-il en parcourant d'un regard canaille son décolleté rebondi.

Toussotant d'un air gêné, Joséphine ouvrit sa veste bariolée. Buck sourit, devinant qu'il ne s'était pas trompé. Lorsque Jo commença à sortir de son soutien-gorge une bande de coton, il éclata de rire. Plus elle ôtait de coton, plus il riait, si bien qu'une fois qu'elle eut terminé, il en pleurait presque.

— Mais il ne reste plus rien ! s'exclama-t-il en essuyant une larme d'hilarité.

— J'avoue que c'était de la publicité mensongère. Si tu as des regrets, il est encore temps de renoncer.

— Pas question !

Joséphine n'en revenait pas. Les regards brûlants dont Buck la couvrait depuis le début de la soirée constituaient pour elle une expérience à la fois troublante et inédite. Jamais elle ne s'était sentie aussi délicieusement féminine, et désirable... car jamais un homme ne s'était permis une telle attitude envers la princesse Joséphine Francœur de Beaulieu !

Jusqu'à ce soir.

— Si tu...

Elle toussa de nouveau pour clarifier sa voix un ton trop basse.

— Si tu as toujours envie de m'épouser, j'ai quelques conditions à formuler, reprit-elle.

— J'écoute.

— Tout d'abord, je... Comment dire ? Ce mariage devra rester provisoire. Dans quelques mois, tu retrouveras ta liberté.

— Quelques mois ? C'est-à-dire ?

— Deux ou trois. Le temps de... trouver un autre arrangement.

— Comment cela ?

— Disons que je vais devoir chercher un autre mari. Quelqu'un qui possède certaines... qualifications.

— Que je n'ai pas, précisa Buck, sous le coup d'une soudaine contrariété.

— Cela n'a rien à voir avec toi personnellement.

Buck fronça les sourcils, surpris de sa propre réaction. Lui qui n'avait jamais été possessif, voilà qu'il se sentait soudain jaloux. Jo avait raison, rien ne justifiait qu'il se sente offensé. Mais l'idée de la savoir mariée à un autre homme le dérangeait singulièrement. Puis, une éventualité qu'il n'avait pas envisagée lui vint à l'esprit.

— Ce que tu veux, c'est un mariage blanc, alors ?

— Pas du tout, j'ai bien l'intention que le mariage soit consommé. Si tu n'y vois pas d'inconvénient.

S'il n'y voyait pas d'inconvénient ? Depuis qu'il avait posé les yeux sur elle, il ne pensait à rien d'autre qu'à « consommer » leur union... avec ou sans certificat de mariage. La simple évocation de cet aspect de leur relation l'emplissait d'un trouble violent.

— Non ! s'empressa-t-il de protester.

Comme si cette question l'avait inquiétée, Jo laissa échapper un soupir de soulagement.

— Pas d'autre condition ? reprit Buck, préférant changer de terrain.

— Si. Je veux que nous fassions établir un contrat de mariage.

— Tu veux te marier sous la séparation de biens ?

Il sourit.

— Mon petit cœur, j'ai l'impression que les seuls biens que tu possèdes, ce sont les trésors dont le bon Dieu t'a dotée !

— J'ai les moyens de te payer dix mille dollars pour ton aide, s'offusqua-t-elle.

Dire qu'il était prêt à en offrir cinq fois plus ! Buck retint un éclat de rire, préférant ne rien révéler à Jo pour l'instant, pour lui laisser croire qu'il lui faisait une faveur.

— Je te remercie, se contenta-t-il donc de répondre, mais je n'en ai pas besoin. Ce sera tout ?

— En ce qui me concerne, oui. Et tes conditions ?

— Je n'en ai plus, mon petit cœur.

Jo sembla se satisfaire de cette réponse, car elle demeura silencieuse de longues minutes.

— J'aime bien quand tu m'appelles comme ça.

— Petit cœur ?

— Oui.

Il lui prit la main.

— Personne ne t'a jamais appelée de cette façon ?

— Non.

— Viens ici, dit-il en l'attirant près de lui.

Buck sourit. Dans quelques heures, il aurait épousé la femme la plus adorablement sexy qui soit. La nuit de noces promettait d'être des plus agréables — de même que les quelques mois à venir.

— ... Et je vous déclare à présent mari et femme.

« Mon Dieu, qu'ai-je fait ? » Joséphine frémit sous son voile, le seul accessoire de sa panoplie qui évoquât une tenue de mariée. Elle venait d'épouser un parfait étranger, un cow-boy qu'elle ne connaissait que depuis quelques heures, pour sauver son pays de la ruine qui le menaçait. Montclair valait-il un tel sacrifice ?

— Vous pouvez embrasser la mariée.

— Pas trop tôt ! entendit-elle maugréer son tout nouveau mari.

Figée, elle le vit batailler contre son voile en pestant, puis elle sentit soudain ses lèvres se poser sur les siennes. Une seconde plus tard, elle avait totalement oublié Montclair.

Joséphine s'éveilla au chant des oiseaux. Non loin, des vagues venaient doucement mourir sur le rivage. A Montclair, on n'entendait la mer que les jours d'orage. Où était-elle ? Se redressant, elle s'aperçut qu'elle se trouvait sur une étroite banquette adossée à une paroi de métal. Au mur, étaient suspendus un jean blanc et une veste aux couleurs du drapeau américain.

D'un seul coup, les souvenirs lui revinrent. Passant sa main gauche devant ses yeux, elle aperçut son annulaire, où brillait l'alliance en or que Buck lui avait achetée à la chapelle de Reno. Elle était mariée !

Mais ce n'était pas tout... La grande nouveauté, c'était que pour la toute première fois de son existence, elle ne pouvait s'en remettre qu'à elle-même ; plus de gardes du corps ni de femmes de chambre pour veiller sur elle. Elle pouvait faire ce qui lui chantait, être qui elle le souhaitait. Ici, la princesse Joséphine n'existait pas !

Bercée par une douce sensation de liberté et d'euphorie, Joséphine s'étendit de nouveau sur sa banquette. Etudiant l'endroit où elle se trouvait, elle en déduisit qu'il s'agissait du camping-car aménagé à l'avant de la remorque du cheval de Buck, Agamemnon. Buck avait dû la porter ici lorsqu'elle s'était endormie dans la camionnette. Quant aux vagues qu'elle entendait, ce devait être le lac Tahoe, près duquel Buck louait un emplacement sur un terrain de camping.

Bonifay n'était pas près de les retrouver ici, Buck et elle ! Non, pas Buck. Hardin Winford. Oui, c'était bien les prénoms qu'elle avait lus sur leur certificat de mariage. Lorsqu'il les avait épelés, il avait jeté à Joséphine un regard gêné, comme pour la supplier de ne pas rire. Mais ce n'était pas elle, Joséphine Eugénie Béatrix Marguerite Isabeau, qui risquait de se moquer de lui !

Cependant, Buck lui allait bien mieux que Hardin Winford, de même qu'elle préférait Jo à Joséphine. On pouvait être princesse, et apprécier la simplicité.

Un mouvement de l'autre côté du camping-car lui fit lever la tête. Joséphine sourit en reconnaissant son mari, qui s'était couché sur une banquette de l'autre côté du camping-car sans vouloir l'importuner de ses assiduités. Cow-boy, mais gentleman ! songea-t-elle, amusée.

Cependant, puisqu'il était impératif que ce mariage fût consommé dans les plus brefs délais, Joséphine aurait préféré que Buck se couche auprès d'elle. Maintenant, comment aborder cette délicate question sans se montrer inconvenante ?

Au souvenir des baisers brûlants que Buck lui avait donnés la veille au soir, Joséphine sentit s'éveiller en elle une vague de sensations troublantes. Buck se serait-il montré aussi hardi s'il avait su qui elle était ? Probablement pas, et c'était précisément ce qui séduisait Joséphine, qui avait toujours rêvé d'être considérée comme une femme, et non comme une potiche ornée d'une couronne.

Révéler à Buck sa véritable identité, c'était prendre le risque de perdre à tout jamais ce qu'il avait de plus précieux à lui offrir : le désir spontané, intense, réel qu'il éprouvait pour elle. Car c'était la femme et non la princesse qu'il aimait en elle. Oui, mieux valait attendre pour lui avouer la vérité... et tant pis pour le petit mensonge qu'elle commettrait !

D'ailleurs, son intuition lui soufflait que Buck se montrerait digne de sa confiance. Ce n'était sûrement pas l'appât du gain qui le motivait puisque, de même que la plupart des cow-boys, il devait vivre du rodéo, c'est-à-dire modestement. De plus, lorsqu'elle avait croisé son regard pour la première fois, elle avait eu l'étrange sensation de le connaître depuis toujours. Elle en était certaine : cet homme ne lui ferait jamais de mal.

Ravie, Joséphine laissa échapper un léger soupir de contentement. Que la vie était belle !

— Tout va bien, mon cœur ?

Se redressant vivement, elle aperçut Buck, étendu sur sa couchette. Il était en train de s'étirer, révélant la puissante musculature de son corps souple et bronzé. Joséphine sentit son cœur effectuer un bond dans sa poitrine. Buck ne portait-il donc pas de pyjama pour dormir ? Pour ce qu'elle pouvait en voir, il était nu. Totalement.

Gênée, elle détourna le regard. Il n'était pas convenable pour une princesse de dévorer du regard un homme nu au saut du lit. Puis elle se souvint que l'homme en question était son mari.

— Pourquoi es-tu toute rouge ? demanda ce dernier, un sourire en coin. Aurais-tu trop chaud ?

— Hmm... Ce doit être ça, oui.

Paresseusement, Buck s'assit sur son lit. Seul son drap lui couvrait les hanches.

— Prends le cabinet de toilette la première, proposa-t-il.

Qu'il était attentionné ! s'extasia Joséphine, avant de s'aviser que Buck préférait peut-être tout simplement lui éviter le spectacle de sa nudité... triomphante. De plus en plus mal à l'aise, Joséphine repoussa sa couverture et s'assit sur sa banquette.

— Il y a une salle de bains ici ? demanda-t-elle en tentant de chasser les images qui affluaient à son esprit.

— Ouaip. Mais ne reste pas trop longtemps sous la douche, j'ai oublié de remplir le réservoir hier soir. Ce soir, rappelle-moi de... Oh ! j'oubliais !

— Qu'y a-t-il ?

— Nous sommes attendus ce soir pour une fête. En ce qui me concerne, ton costume de parade est parfait, mais il vaudrait mieux qu'on s'arrête en route pour te trouver une jolie robe.

— Une fête ? répéta Joséphine, inquiète.

— Oui. Ma mère organise une petite soirée pour l'anniversaire de mon père.

Joséphine étouffa un soupir de soulagement. Il ne s'agissait sans doute que d'une réunion familiale en petit comité, où personne n'aurait jamais entendu parler de Montclair.

— Mais je n'ai pas de quoi m'acheter une robe, protesta-t-elle mollement.

Buck sourit.

— Ne t'inquiète pas de ça. Maintenant, c'est à moi de t'offrir ce dont tu as besoin.

Elle secoua la tête en signe de dénégation et fouilla dans les poches de son jean.

— Il me reste ceci, dit-elle en ouvrant ses mains, où brillait sa parure de diamants. Ça doit valoir plusieurs milliers de dollars.

Buck était persuadé que ces brillants étaient du toc, mais Jo semblait si fière de les posséder qu'il se retint de lui ôter ses illusions. Il les prendrait, puis il lui remettrait la somme qu'elle pensait pouvoir en tirer, en lui laissant croire qu'il les avait vendus.

— Pourrons-nous nous arrêter chez un bijoutier ?

— Mais oui. Je vais m'en occuper.

Elle sembla soulagée.

— Je ne sais pas comment te remercier, dit-elle. Sans toi, je...

— Chut !

Buck se pencha vers elle et déposa un baiser sur le bout de son nez.

— Et maintenant mon petit cœur, dépêche-toi de prendre ta douche ou je te dévore toute crue !

3.

« Une princesse » ?

Non. Ce n'était pas possible.

Buck s'empara du journal posé sur le comptoir, dans la station d'essence où il s'était arrêté pour faire le plein... et reçut la révélation en plein cœur. Si la jeune femme qui lui souriait en quadrichromie sur cinq colonnes à la une n'était pas Jo, c'était sa sœur jumelle. Même teint mat, même regard ambré, même cascade de cheveux bruns naturellement ondulés... Sur la photo, elle était coiffée en un chignon haut, bien plus chic que l'adorable fouillis qu'elle avait bricolé ce matin avant de passer sous la douche, et à la place d'un Stetson, elle portait un diadème orné d'une myriade de diamants.

En gros caractères d'imprimerie, on pouvait lire : « Son Altesse Joséphine Francœur de Beaulieu, princesse de Montclair. » Buck laissa échapper un sifflement de stupéfaction. Alors Jo, sa Jo, était une princesse ? Une vraie, avec couronne, palais, royaume, et tout ce qui allait avec ?

« La princesse Joséphine a disparu ! Elle aurait été kidnappée », affirmait le tabloïd. D'après l'article que Buck parcourut rapidement, elle avait disparu la veille du ranch Porter, où elle était venue à l'occasion du mariage d'une amie américaine. Après avoir expliqué que le cheval prêté à la princesse était revenu seul à l'écurie, à la fin de la soirée, le journaliste évoquait les noces imminentes de Joséphine Francœur de Beaulieu avec le richissime homme d'affaires français Alphonse Piquet, avant de conclure par ces mots : « Au moment où nous mettons sous presse, aucune explication ne peut être avancée, et la police n'exclut pas un crime. »

Un crime ? Buck réprima un rire amer. Ah, il s'était fait proprement rouler dans la farine ! Le crime, c'était Jo — pardon, Joséphine — elle-même qui l'avait commis, en manigançant pour se faire épouser, sans lui révéler son identité. Quant à sa mère, elle ne se priverait pas de savourer sa victoire.

Autrement dit : plus question d'emmener Jo à Double Star.

Buck se souvenait avoir eu maille à partir avec le dénommé Piquet, un armateur riche à millions, qui avait failli le ruiner quelques années plus tôt à l'occasion d'une transaction boursière plus que douteuse. Buck, qui n'avait dû sa survie qu'à sa solide couverture financière, s'était juré de lui faire regretter un jour son petit jeu.

Dans ces conditions, pouvait-il reprocher à Jo de vouloir échapper à ce mari peu engageant, dont on murmurait que la vie privée était des plus dissolues ? D'ailleurs, elle avait bien précisé qu'elle ne souhaitait pas rester mariée plus de quelques mois. Le temps, avait-elle dit, de trouver quelqu'un possédant « certaines qualifications ».

Sur le moment, Buck n'avait pas cherché à quoi elle faisait allusion, mais à présent, tout s'expliquait. Jo cherchait un homme plus sexy que Piquet, mais tout aussi fortuné.

Quelqu'un comme Hardin Winford Buchanan II.

Eh bien, elle l'avait déjà trouvé ! Après avoir tendu un billet au pompiste, Buck se dirigea vers la Chevrolet en égrenant un chapelet de jurons. Au lieu de rejoindre l'avenue commerçante où Jo était en train d'effectuer quelques emplettes de première nécessité, il se gara non loin de la station d'essence pour réfléchir.

Bien sûr, Jo s'était servie de lui, mais n'avait-elle pas des circonstances atténuantes ? Non seulement elle ignorait qui il était vraiment, comme le prouvait sa proposition de lui offrir de l'argent pour l'épouser, mais surtout, et c'était le plus intriguant, elle avait semblé littéralement terrorisée à la perspective d'être reconnue par les deux policiers, la veille au soir sur le terrain de rodéo d'Auburn.

Pourquoi un tel affolement ? Pourquoi Jo n'avait-elle pas tout simplement refusé la main de Piquet ? On n'était plus au Moyen Age, bon sang ! Et d'où lui venait son empressement à se marier, quitte à se contenter d'un époux provisoire, au lieu d'attendre de rencontrer l'homme qui répondrait à ses vœux ?

Il y avait anguille sous roche, et Buck enrageait de ne pas comprendre le fin mot de l'histoire. Songeur, il ôta de sa poche la parure de diamants que Jo lui avait confiée. A présent, il devinait que ces cailloux valaient ce que Jo avait estimé, et même beaucoup plus. Dire qu'il avait voulu offrir une nouvelle robe à sa jolie majorette pour qu'elle soit bien habillée au moins une fois dans sa vie ! La princesse Joséphine de Montclair devait avoir un compte ouvert chez les plus grands couturiers parisiens...

Quel naïf il était fait, et comme elle devait rire de lui !

Tout en faisant rouler les diamants dans la paume de sa main, Buck étira les coins de ses lèvres en un sourire froid. Une idée venait de germer dans son esprit. Jetant les diamants dans la boîte à gants, il mit la Chevrolet en marche. Son Altesse voulait de l'aventure ? Elle allait être servie...

Alarmée par le silence soudain dans l'élégante boutique de vêtements où elle était entrée quelques minutes auparavant, Joséphine releva la tête et suivit le regard des deux vendeuses. Puis elle sourit, amusée. Les deux jeunes femmes se tenaient près de la porte vitrée, admirant Buck, qui attendait sur le trottoir d'en face que le feu passe au rouge. Avec son imposante stature et son maintien élégant, il aurait pu vivre dans un ranch américain comme dans un manoir anglais... ou un palais sur une île de la Méditerranée.

Non ! Il ne fallait même pas y penser. Son mariage avec lui n'était qu'une parenthèse de liberté, un moyen de contourner la menace brandie par Bonifay et d'attendre l'homme qui l'aiderait à redresser l'économie de Montclair. Si elle tombait amoureuse de Buck, plus jamais elle ne pourrait supporter d'en épouser un autre.

L'idéal aurait été de le quitter maintenant, avant de succomber à la passion qui la brûlait déjà. Mais, hélas, le mariage n'ayant toujours pas été consommé, elle n'était pas encore à l'abri du stratagème de Bonifay.

— Tu as trouvé ce que tu cherchais ? demanda Buck en s'approchant d'elle de son pas souple et tranquille.

— Pas vraiment.

— Tant pis. De toute façon, la soirée est annulée.

— Ah... Pourquoi ne m'emmènerais-tu pas à Wal-Mart, alors ?

Buck ouvrit de grands yeux ronds.

— A Wal-Mart ? Tu veux aller à Wal-Mart ?

Et pourquoi pas ? songea Joséphine. C'était une chaîne de grands magasins populaires très pratiques, et tout le monde y faisait ses courses, à part bien sûr les stars de cinéma et les têtes couronnées. Joséphine s'y était déjà rendue incognito avec Melissa pour y acheter des jeans.

— Il me faut juste des jeans, des chemises, et...

Joséphine maudit sa pudibonderie en sentant ses joues s'empourprer. Une femme devait pourtant être capable d'évoquer cet aspect de sa toilette devant son époux sans rougir comme une collégienne. Comme aurait dit Melissa : « Il va falloir te décoincer un peu, ma grande ! »

— Et quelques pièces de lingerie, ajouta-t-elle en toussotant, affreusement gênée.

Au fond des yeux de Buck, il lui sembla voir une lueur s'allumer.

— Tu as raison, approuva-t-il, autant aller à l'économie. Mais d'abord, j'ai une mauvaise et une bonne nouvelle à t'annoncer.

— Ah?

— La mauvaise, c'est que le prêteur sur gage affirme que les diamants de tes boucles d'oreilles sont faux. Il n'en proposait que dix dollars.

— Dix dollars! s'exclama Joséphine.

Comme les vendeuses la regardaient avec désapprobation, elle poursuivit à voix basse, vibrante d'indignation :

— Ces bijoux valent plus que dix dollars. Beaucoup plus!

— Tu as raison, et c'est la bonne nouvelle.

Buck fouilla dans sa poche.

— Le bijoutier m'en a donné quinze. Les voilà.

Et il tendit la main vers Joséphine, aussi fier que s'il lui avait rendu un immense service. Effarée, la jeune femme regarda les quelques pièces de monnaie qu'il avait dans sa paume. C'était sur le fruit de cette vente qu'elle avait compté pour vivre jusqu'à son retour à Montclair! Désormais, il ne lui restait plus que le collier... à moins qu'il ne soit également faux.

Que s'était-il passé? Le père de Melissa était généreux, assez riche pour offrir de véritables diamants aux demoiselles d'honneur de sa fille. Joséphine ne comprenait pas.

— Ne te fais pas de souci, mon cœur, dit Buck en lui passant un bras autour des épaules pour l'entraîner hors de la boutique. Tant que je serai là, tu ne manqueras de rien.

— Je ne veux pas être à ta charge, protesta Joséphine.

— Crois-tu que j'ai l'intention de te laisser vivre en parasite? demanda-t-il avec un curieux sourire. Tu vas travailler pour mériter le gîte et le couvert! Enfin, je n'aurai plus à m'occuper du ménage, des repas, de la lessive...

A vrai dire, Joséphine n'avait pas peur de travailler. Elle avait l'habitude de s'occuper des écuries, et sans être un véritable cordon-bleu, elle avait appris les rudiments de la cuisine. L'éducation dispensée au pensionnat aurait au moins eu le mérite de la préparer à toutes les éventualités de l'existence ! En réalité c'était plutôt la perspective de partager ces journées — et ces nuits — avec Buck qui l'inquiétait. Comment, dans ses conditions, ne pas tomber follement amoureuse de lui ?

Elle ne possédait pas la réponse à cette question, mais elle n'avait d'autre choix que d'accepter.

— Je te préviens, je ne suis pas très douée pour la cuisine.

— Ce n'est pas ce que j'attends de toi, répliqua Buck sans broncher. De toute façon, mes repas sont très simples.

— Des hot dogs et de la bière ?

— Par exemple.

Buck sourit. Le regard radouci, il leva la main vers elle pour effleurer une mèche brune échappée de son chignon. Il la désirait, c'était évident, et cette attirance était réciproque, alors pourquoi lutter ? Il serait bien temps de pleurer son amour perdu lorsqu'elle aurait quitté Buck. Puisque Montclair était son unique priorité, elle saurait faire fi de ses sentiments personnels — après tout, elle avait fait cela toute sa vie...

— C'est entendu, déclara-t-elle avec résolution. Pour les semaines à venir, je suis ton employée.

— Et ma femme, compléta-t-il d'une voix bizarrement rauque.

A l'extrémité du tapis roulant, au-delà des caisses du grand magasin, Buck regardait avec amusement les tentatives de Jo pour payer à la caissière ses petites culottes de coton blanc bon marché tout en évitant le regard curieux de son interlocutrice.

— Ça fera sept dollars et vingt-cinq cents, annonça la jeune fille, avant d'ajouter : C'est marrant, j'ai l'impression de vous avoir déjà vue ?

— On me le dit souvent, répondit Jo évasivement en tendant un billet de dix dollars.

La caissière ouvrit son tiroir-caisse, puis se tourna vivement vers Jo en s'exclamant soudain :

— J'y suis ! Vous êtes la princesse disparue ! Vous êtes moins maquillée que sur la photo, mais maintenant, je vous remets !

Oubliant visiblement toute précaution, Jo dévisagea son interlocutrice avec un regard de biche aux abois.

— Mais de quoi parlez-vous ? demanda-t-elle.

— C'est dingue ! Hé, Margie, viens vite ! La princesse est ici, à ma caisse !

— C'est ça, et moi je suis la reine d'Angleterre ! grommela sa voisine d'une voix fatiguée, sans même se retourner. J'ai du boulot, Brenda, fiche-moi la paix.

Jugeant qu'il était temps d'intervenir, Buck s'approcha de Jo et lui passa familièrement le bras autour de la taille.

— Une princesse ? demanda-t-il avec nonchalance. Ça nous arrangerait bien, hein, chérie ? On aurait moins de mal à boucler les fins de mois...

La caissière lui jeta un regard sceptique.

— Alors, vous devez être un sosie, admit-elle, visiblement à contrecœur. Il y avait un avis de recherche, ce matin, dans le journal.

Buck planta un baiser sonore sur la tempe de Jo.

— Tu entends ça, petit cœur ? On pourrait peut-être se faire des sous, si tu es le sosie d'une vraie princesse.

Jo lui adressa un sourire crispé.

— Non, merci, je n'ai aucun talent pour ça.

— Tant pis, dit la caissière, manifestement déçue. De toute façon, il ne doit pas y avoir beaucoup de princesses qui viennent faire leurs courses au Wal-Mart de Carson City, Nevada. Voilà votre monnaie, madame, deux dollars et soixante-quinze cents. Merci, et au revoir.

Nerveusement, Jo empocha les pièces, ramassa son sac en plastique et se dirigea vers la sortie.

— Pourquoi cours-tu, mon cœur? Tu as peur qu'on te prenne vraiment pour une princesse?

— Bien sûr, rétorqua-t-elle avec un grand sourire. Si tu savais comme j'en ai assez des courbettes et des baise-mains!

— Alors, dépêchons-nous de rentrer au château pour nous préparer un frichti. Ton prince meurt de faim.

— Il faudrait peut-être faire quelques courses, répondit Jo. A part une boîte de thon, il n'y a rien à manger.

Buck ouvrit la porte de la Chevrolet et déposa le sac de Jo à coté des vêtements d'occasion qu'elle avait trouvés dans un dépôt-vente, un peu plus tôt. Puis il l'aida à grimper sur le siège passager.

Elle portait toujours son jean blanc un peu trop serré, mais elle avait remplacé la veste bariolée par un de ses T-shirts, qu'elle avait rentré dans son pantalon. Lorsqu'elle lui tourna le dos pour se hisser à bord de la camionnette, Buck ne put s'empêcher de laisser son regard courir sur ses courbes harmonieuses.

Puis il se rembrunit. Comment pouvait-il encore désirer Jo, après la trahison dont elle s'était rendue coupable envers lui?

— Eh bien, prince Buck, y allons-nous? demanda-t-elle d'une voix très douce.

Buck leva les yeux vers le regard lumineux de Jo. En dépit de la colère qu'il nourrissait envers elle, il était étrangement heureux de constater que toute trace de peur avait disparu de ses iris ambrés. Bon sang, que lui arrivait-il? Il n'allait tout de même pas se laisser mener par le bout du nez par une une débutante à peine sortie de son premier bal. Mais, au fait, était-elle encore...

Diable, il avait oublié ce détail! Au XXe siècle, les princesses étaient-elle toujours censées arriver vierges au mariage?

— Oui ! répondit-il d'un ton rogue.

— Il y a quelque chose qui ne va pas ? demanda-t-elle, soudain soucieuse.

— Tout va très bien, madame la marquise !

Après avoir refermé la portière en se retenant à grand-peine de la claquer, Buck contourna la Chevrolet pour s'installer au volant. Insérant la clé de contact, il fit démarrer le moteur.

— Nous nous arrêterons en sortant de la ville pour prendre des sandwichs, décréta-t-il d'un ton sans réplique.

— Comme tu voudras, dit-elle. C'est toi le chef !

Exactement, c'était lui. Mais il pressentait que dans les jours à venir, il aurait du mal à s'en convaincre lui-même.

Deux heures plus tard, reconnaissant le bruit de la Chevrolet, Joséphine se précipita hors du camping-car. Buck était en train d'effectuer une marche arrière pour garer la camionnette sur le terrain de camping, et elle voulait s'assurer qu'Agamemnon ne risquait pas de se trouver en travers de sa route.

Tout en menant doucement le pur-sang vers l'enclos qui lui était réservé, Joséphine jeta un coup d'œil à l'arrière de la camionnette.

— Seulement trois sacs ? s'étonna-t-elle en rejoignant son mari. Tu n'as pas trouvé tout ce que j'avais mis sur la liste ?

Buck sortit de la Chevrolet en s'étirant.

— Parce que tu crois qu'à Carson City on trouve des câpres et des petits pois frais aussi facilement que du ketchup et du corned-beef ?

— Peux-tu me jurer que tu as vraiment cherché ce que je te demandais ? demanda Joséphine en posant les poings sur ses hanches.

— Non, répondit-il en rejetant son chapeau en arrière

avec désinvolture. Je m'en suis tenu au minimum vital : steaks, haricots et bière.

Après l'incident à Wal-Mart, Joséphine avait prétexté une lessive urgente de ses nouveaux sous-vêtements pour se dispenser d'accompagner Buck en ville. Mais elle commençait à regretter de ne pas s'être occupée personnellement de l'approvisionnement. Rejoignant Buck dans le camping-car, elle constata que les trois sacs ne contenaient en effet que le strict minimum, ainsi que du pain, du lait, des œufs, du bacon, du café, des sodas, et une boîte de petits piments. Même pas de quoi préparer une sauce béarnaise pour accompagner les steacks, ou un consommé pour le dîner de ce soir !

Furieuse contre Buck, elle vida le contenu des sacs, tandis que son mari, une canette de bière à la main, s'installait confortablement sur le petit canapé où Joséphine avait passé la nuit. Elle l'entendit terminer bruyamment sa boisson, puis écraser sa canette d'une seule main avant de la jeter dans la poubelle. Elle sourit, amusée malgré elle par cet étalage de virilité un peu tapageuse. Dans la nature, un mâle se livrant à sa parade nuptiale ne devait pas être moins discret ! Ensuite, elle reconnut le claquement caractéristique d'un journal que l'on ouvrait.

Lorsque Joséphine se retourna, elle sentit un frisson d'effroi lui parcourir l'échine. Entre les mains de Buck, le quotidien local affichait une photo sur toute la largeur de la première page.

Le portrait de la princesse Joséphine Francœur de Beaulieu.

4.

Surtout, ne pas s'affoler ! Joséphine s'obligea à inspirer profondément afin de maîtriser le tremblement nerveux qui lui secouait les mains. Une fois son calme recouvré, elle tenta de remettre de l'ordre dans ses pensées. Buck avait-il vu le portrait ? C'était plus que probable. Le tout était de déterminer s'il avait effectué le rapprochement entre sa nouvelle épouse et la princesse Joséphine de Montclair.

Peut-être essayait-il de lui annoncer de façon détournée qu'il avait percé son secret ? Encore aurait-il fallu qu'il soit capable de cette subtilité, ce dont elle commençait à douter. Elle le savait capable de la plus grande élégance dans son comportement, mais depuis leur tour en ville ce matin, il semblait mettre un point d'honneur à se comporter comme le pire des machos. Lui cachait-il quelque chose, lui aussi ? Elle devait en avoir le cœur net !

Après avoir lentement remis sur la table les paquets qu'elle s'apprêtait à ranger, elle traversa d'un pas l'espace qui la séparait de Buck, puis releva le journal, pour examiner la photographie.

Il s'agissait d'un cliché pris peu de temps auparavant, à l'occasion du grand bal annuel qu'elle présidait avec son père. Comme lors de chaque manifestation officielle, elle portait le diadème de diamants qui avait appartenu à sa mère, et qui lui conférait un air de majesté dans lequel elle se reconnaissait bien mal.

Le portrait laissait voir également le bustier incrusté de perles de la somptueuse robe de brocart réalisée spécialement pour cette occasion, et qui dormait depuis dans le dressing-room de Joséphine, en compagnie de quelques douzaines d'autres petites merveilles. Car l'étiquette était très claire sur ce point : la première dame de Montclair ne pouvait sous aucun prétexte porter la même tenue à deux occasions différentes. Un beau gâchis, aux yeux de Joséphine, qui ne se sentait heureuse qu'en jean et en sweatshirt...

— Tu as vu ceci? demanda-t-elle d'une voix volontairement neutre.

Buck sortit le nez de son journal.

— Quoi?

— Cette photo. Ce doit être cette fameuse princesse qui a disparu.

— Hmm? répondit-il sans enthousiasme. Peut-être...

Et il s'absorba de nouveau dans sa lecture.

— Tu trouves que je lui ressemble? insista Joséphine.

Avec un soupir de contrariété, Buck posa les yeux sur elle, puis sur le portrait.

— Non. Elle a l'air de sortir d'une bonbonnière. Pas un cheveu qui dépasse! Cette fille n'a jamais mis les pieds dans un rodéo de sa vie, si tu veux mon avis. Encore moins à Wal-Mart. D'ailleurs, elle ne doit même pas savoir que ça existe. Tu ne prétends tout de même pas être une aristocrate?

Joséphine se força à sourire.

— Pourquoi pas? Les princesses adorent se faire enlever par des cow-boys, c'est bien connu!

— Tu n'as rien à voir avec cette donzelle, crois-moi. Vous êtes deux personnes très différentes, toutes les deux. Au lieu de dire des bêtises, tu ne voudrais pas t'occuper du repas?

Sur ces mots, il se replongea dans son journal. Le débat était clos.

« Vous êtes deux personnes très différentes, toutes les deux. »

Buck savait-il à quel point il disait vrai ? Joséphine avait toujours eu le sentiment que deux personnes coexistaient en elle, la Joséphine officielle, une petite fille riche un peu distante qu'on coiffait, maquillait, habillait, pour la jeter en pâture aux foules et aux photographes, et la véritable Jo, sauvage, éprise de liberté et de simplicité, assoiffée d'amour.

Assise sur le sable au bord de l'eau, Joséphine — non, Jo — ferma les yeux et leva le visage pour goûter la tiédeur de la brise qui soulevait les eaux bleues du lac Tahoe. Le soir descendait sur sa première journée de femme libre.

Jamais elle ne s'était sentie aussi heureuse que depuis ce matin, enfin délivrée des devoirs princiers qui l'empêchaient de vivre. Elle avait travaillé, mais avec un immense plaisir. Après avoir terminé sa lessive, elle avait récuré la remorque d'Aggie, jusqu'à ce qu'elle soit impeccable, puis elle avait donné un bon coup de ménage à la partie aménagée en camping-car.

C'était un travail rude, mais elle l'avait accompli au côté de son mari, comme toutes les autres femmes. Passerait-elle également la nuit avec lui, ou Buck dormirait-il de nouveau seul sur sa couchette ?

C'était à n'y rien comprendre. La veille au soir, Buck semblait n'avoir eu qu'une obsession : se mettre au lit avec elle... Du moins, pas tout de suite. Mais depuis qu'ils étaient allés en ville, il la délaissait ouvertement.

En fait, Buck ne se comportait plus comme un mari ni un amant, mais comme un patron, quoique Jo manquât de références en ce domaine puisqu'elle n'avait jamais eu ni mari, ni amant, ni patron. Disons que Buck se comportait comme un Premier ministre. Bien qu'à côté de lui, Bonifay fût la modestie et l'amabilité incarnées...

Depuis le dîner, qu'il avait avalé sans un mot, Buck s'était enfermé dans le camping-car, en prétextant un travail urgent. Jo ne voyait pas quelle tâche pouvait bien l'attendre, mais elle n'avait pas voulu le contrarier. D'ailleurs, elle aussi avait besoin de solitude, et de réflexion. Car, lui fallait résoudre un problème crucial : comment séduire un cow-boy aux manières un peu rudes lorsqu'on est princesse, et peu expérimentée des choses de la vie ?

Dans l'air parfumé de la nuit, un léger bruit la fit sursauter. Se retournant, elle reconnut Agamemnon. Le cheval s'était approché d'elle, tout près de la barrière de son enclos, et avait posé sur elle son beau regard intelligent. Jo sauta sur ses pieds et s'approcha doucement de l'animal.

— Eh bien, vilain paresseux, le gronda-t-elle en lui caressant le dessus de la tête. Tu n'as pas honte ? Un petit quart d'heure de rodéo de temps en temps, voilà tout ton travail ! C'est la belle vie pour toi, non ?

Buck descendit du camping-car à temps pour voir Aggie se frotter contre Jo, quémandant une affection qu'elle semblait d'ailleurs ravie de lui offrir.

Une stupide bouffée de jalousie l'envahit. Après une journée cauchemardesque à s'interdire de se jeter sur Jo comme un malappris, il était dans un état de frustration insupportable. Jo était une princesse, bon sang ! Exactement le type de femme qu'il avait toujours soigneusement évité. Et même si elle ne savait pas qui il était, elle n'allait pas tarder à le découvrir. Car lorsque Jo, qui ne se contentait pas d'être belle, comprendrait qui était vraiment l'homme qu'elle avait épousé, elle ne le laisserait pas partir aussi facilement.

Cela dit, Buck devait admettre qu'elle n'avait rien d'une mijaurée, contrairement à ce qu'il avait supposé. Il avait eu beau se comporter comme un goujat, elle s'était pliée de bonne grâce à ses ordres, comme si elle avait compris que l'humour était une arme bien plus efficace que la force brutale.

Il était parti en ville en lui enjoignant de briquer la remorque d'Aggie comme un sou neuf, s'attendant à la voir gémir ou s'effondrer en larmes. Quelle n'avait pas été sa surprise de constater à son retour que non seulement la remorque n'avait jamais été aussi rutilante, mais que Jo avait également trouvé le temps de nettoyer le coin cuisine, et de faire sa petite lessive !

Et le pire, c'était que Jo paraissait parfaitement à son affaire. Elle ressemblait plus au genre de femme dont il avait toujours rêvé, amoureuse des chevaux et de la vie au grand air, qu'à la poupée de porcelaine que pouvaient laisser croire les informations qu'il venait de glaner sur elle, à travers une petite enquête via Internet.

A grands pas rageurs, Buck traversa l'espace qui le séparait d'elle et repoussa la tête d'Aggie à l'intérieur de son enclos.

— Tu déranges la dame, sale canasson.

— Mais non, répliqua Jo en s'asseyant dans le sable. D'ailleurs, s'il est mal élevé, je crois savoir qui est responsable.

— Ah ? demanda Buck en s'asseyant près d'elle. Et qui est-ce ?

— Toi. Tu crois que je ne te vois pas le gâter, quand tu t'imagines que personne ne te regarde ?

Elle se tourna vers lui, un sourire lumineux sur son adorable visage. Elle avait des pommettes hautes, un front très pur, un joli nez bien droit, et des lèvres faites pour sourire... et pour embrasser. Comment se faisait-il que la jeune femme dont il avait examiné des dizaines de clichés sur différents sites durant l'heure passée affichât en permanence un air blasé, voir hautain ? Pas une seule vue ne la montrait dans sa radieuse beauté, comme à l'instant présent.

Puis Buck songea que c'était à lui qu'elle souriait. Et, sans qu'il sache pourquoi, il sembla qu'une partie de lui, sombre et très profondément enfouie, recevait soudain un rayon de soleil chaud et lumineux. Il fut tenté un instant de glisser ses mains dans la luxuriante chevelure sombre de Jo, pour mieux l'attirer vers lui. Mais il ne devait pas. Même s'il savait qu'elle attendait autant que lui le baiser qu'il brûlait de lui voler.

— Allons, avoue ! le taquina-t-elle.

— Comment se fait-il que tu connaisses aussi bien les chevaux ? demanda-t-il pour détourner le cours dangereux de ses pensées.

Après une brève hésitation, elle répondit, avec une nonchalance un peu trop étudiée.

— Comme tout le monde, à force d'en côtoyer.

— Tu as des chevaux, chez toi ?

Elle haussa les épaules évasivement.

— Quelques-uns.

— C'est assez coûteux, un cheval. Où habites-tu ? demanda-t-il en saisissant la perche qu'elle lui tendait involontairement.

— Dans un coin dont tu n'as jamais entendu parler. Et toi ?

Sa voix s'était faite plus ferme, plus résolue. Manifestement, elle prenait l'offensive.

— Agamemnon est une très belle bête, reprit-elle. Il a dû coûter fort cher. J'ai du mal à comprendre qu'un pauvre cow-boy vivant de rodéos possède un pur-sang.

Touché ! Ça lui apprendrait à préférer les femmes intelligentes...

— Aggie est mon gagne-pain, répondit Buck. Mieux vaut qu'il soit un bon cheval, non ? En fait, c'est plus lui qui me fait vivre que l'inverse.

— Cela ne me dit pas comment tu as appris à t'occuper des chevaux, insista Jo.

— J'ai grandi dans un ranch, expliqua Buck, avant d'évoquer son enfance à Double Star, auprès de son grand-père.

A son tour, elle lui parla de son enfance solitaire, sans

sa mère qu'elle n'avait pas connue, et du réconfort qu'elle avait trouvé auprès des chevaux. Cela, Buck le comprenait très bien. Lui-même, il avait découvert très jeune que la race chevaline se contrefichait de votre fortune personnelle. Que vous soyez riche ou pauvre, un étalon furieux ne se gênera pas pour vous envoyer valser d'une bonne ruade !

Ils discutèrent ainsi tandis que la nuit tombait, mais plus Jo se livrait, plus Buck était intrigué. Il devinait qu'elle en disait toujours le moins possible, sans pour autant mentir tout à fait. Elle montrait même une grande habileté à contourner ses questions tout en donnant l'impression d'y répondre sans détours.

Puis Buck s'aperçut qu'il avait pris la main de Jo, de façon tout à fait spontanée. Elle avait la peau douce, et son parfum tiède qui montait jusqu'à lui par bouffées lui était une délicieuse torture. Allait-il résister longtemps à l'appel de ses sens ? La seule solution était d'envoyer Jo se coucher sans tarder, puis de rester sous les étoiles une bonne heure, pour être sûr qu'elle serait endormie lorsqu'il la rejoindrait dans le camping-car.

Les cow-boys dormaient-ils donc tous comme des pierres ?

Depuis l'aube, Jo avait beau faire un raffut de tous les diables dans la cuisine, pas un instant Buck n'avait donné le moindre signe de vie ! Après de longues recherches, elle avait fini par trouver une poêle pour l'omelette qu'elle envisageait de préparer pour le petit déjeuner, puis elle avait réuni les ingrédients nécessaires, plutôt fière de ses talents de cuisinière.

Elle replia l'omelette sur elle-même dans la poêle, satisfaite de la jolie couleur blonde qu'avait prise la préparation, grâce au fromage et à l'oignon qu'elle y avait mélangés. A la dernière minute, elle avait ajouté quelques-uns de ces petits piments qu'elle avait vu Buck croquer la veille au soir comme des bonbons. Son mari trouverait quelque chose d'appétissant, quand il se réveillerait.

Son mari... L'était-il vraiment ? Lorsqu'elle était rentrée la veille au soir dans le camping-car, elle avait espéré qu'il la rejoindrait, et qu'il se comporterait avec elle... comme un mari. Un instant, elle avait été tentée de s'installer dans la couchette de Buck, mais elle n'avait pas osé. Elle avait donc déplié le canapé où elle avait passé seule la première nuit, pour y passer la seconde... tout aussi seule. Epuisée par sa journée, elle avait cependant sombré dans le sommeil avant qu'il ne se couche à son tour.

Elle s'assit, le cœur gonflé de tristesse. Pourquoi Buck ne se décidait-il pas à la faire sienne, complètement ? Y avait-il en elle quelque chose qui lui déplaisait ? Pourtant, elle en était certaine, il la désirait. Elle frissonna. Ils pouvaient être retrouvés d'un jour à l'autre. Si d'ici là il ne s'était toujours rien passé entre eux, c'en était fait de ses espoirs d'échapper à Piquet. Quant à l'avenir de Montclair, elle n'osait y songer...

Cependant, l'honnêteté la forçait à avouer que le plus important n'était pas là. Car elle était tombée amoureuse de Buck, désespérément. De tout son cœur, et de tout son corps. Pour un seul regard de lui, pour un simple baiser, elle aurait donné Montclair et toutes ses richesses...

Dans un sursaut de fierté, elle redressa la tête. Une Francœur de Beaulieu pouvait-elle abandonner toute fierté, par amour pour un pauvre cow-boy qui n'avait probablement jamais entendu parler de Montclair ? Pour un rustre qui se nourrissait de steak, de bière et de haricots ? Pour un homme sans feu ni lieu, incapable de distinguer une fourchette à huîtres d'un couvert à salade ?

Ce n'était certainement pas lui qui l'aiderait à redresser l'économie de Montclair. Or, c'était d'un as de la finance dont elle avait besoin, non d'un champion de rodéo...

aussi séduisant soit-il. Le seul atout de Buck avait été de se trouver là au bon moment, afin de l'aider à échapper au décret moyenâgeux brandi par Bonifay. Tomber amoureuse de lui était non seulement absurde, mais dangereux pour le salut de Montclair.

Avec précaution, Jo glissa l'omelette dans une assiette. Après tout, Buck lui offrait quelques jours de liberté, une pause avant de reprendre l'affrontement contre Bonifay. Le plus sage n'était-il pas d'en profiter sans remords ?

5.

— Tiens, tu connais les constellations ? demanda Buck ce soir-là, à la tombée de la nuit. On ne voit pas tout le ciel à cause des arbres, mais je crois que...

Buck se tourna vers Jo. Ils avaient éteint toutes les lumières pour mieux voir les étoiles, et s'étaient installés dans deux chaises longues que Buck avait sorties de la Chevrolet. Il faisait si sombre qu'il devinait à peine les contours du visage de Jo.

— Mais je crois que tu t'es endormie, reprit-il avec un sourire attendri.

Il resserra ses doigts autour de la main de Jo, mais sa compagne ne réagit pas. Quoi d'étonnant, après tout ? songea Buck. Il l'avait fait travailler dur toute la journée, persuadé qu'elle finirait par s'effondrer, mais en vain. Non seulement elle avait tenu le coup, mais elle avait semblé y prendre un certain plaisir. Il l'avait même entendue chanter !

Buck se souvenait encore des frissons que sa belle voix chaude avait fait naître en lui, lorsqu'elle avait entonné une chanson française qu'il ne connaissait pas. Plus la journée avait passé, plus Jo avait paru satisfaite de son sort, et plus il avait souffert du désir intense, brûlant, insoutenable, qu'il éprouvait pour elle.

Et la fraîcheur de la nuit tombante n'avait en rien apaisé ses ardeurs.

Le fait de savoir qu'elle était sa femme, et qu'elle attendait probablement autant que lui l'étreinte qui les réunirait, rendait sa situation plus douloureuse encore. Rien ne serait plus facile que de la réveiller par un tendre baiser, de la prendre dans ses bras, de lui faire franchir le seuil de leur abri, et de...

Non ! Il ne fallait pas y penser.

Consommer leur mariage, c'était le rendre définitif. En outre, c'était prendre le risque de s'éprendre de Jo comme jamais il ne s'était épris d'une femme, et de cela, il n'était pas question. Buck n'avait aucune envie d'être pris au piège du mariage, qui plus est avec une princesse.

A vrai dire, Jo ne se comportait pas comme une aristocrate. Son éducation princière se devinait par instants, mais dans l'ensemble, elle ressemblait à une femme ordinaire. Elle fredonnait des chansons d'amour, roulait son jean pour marcher pieds nus dans le lac, et décorait le camping-car avec des bouquets de fleurs sauvages.

Et tout cela semblait lui procurer une joie extraordinaire.

Pouvait-il imaginer une femme plus désirable ? Voilà des années qu'il attendait celle qui se sentirait aussi à l'aise dans un camping-car que dans un palace, celle qui serait aussi agréable à regarder en jean et baskets qu'en robe du soir et escarpins... Aujourd'hui, elle se trouvait étendue dans la chaise longue à côté de lui. Et elle était son épouse.

Buck lâcha la main de Jo, puis se leva brusquement, arrachant un doux gémissement à sa compagne. Un instant, il craignit de l'avoir réveillée — jamais il n'aurait la force de résister à son attirance pour elle — mais elle retrouva rapidement un souffle régulier.

S'arrachant à la contemplation de son beau visage baigné de la lueur de la lune qui se levait, il marcha vers le rivage à grandes enjambées rageuses. La surface du lac s'irisait doucement sous les rayons de l'astre de la nuit, n'apportant qu'un semblant de paix au trouble de Buck.

Jo n'était absolument pas la femme de ses rêves. Ce qu'il voulait, c'était une fille simple et sans façons, dotée d'un minimum d'élégance. Pas une authentique princesse, tout juste capable de jouer les bergères à l'occasion, et qui ne manquerait pas de le traiter avec mépris à la première occasion. Il y avait une différence de taille.

Par conséquent, il était hors de question de dormir avec elle.

En maugréant, Buck revint à pas lents vers le camping-car. Le plus dur restait devant lui, car à présent, il lui fallait mettre Jo au lit sans la réveiller.

— Nous sommes arrivés !

Buck gara la camionnette devant la laverie automatique, ravi de son nouveau stratagème. En dépit des tâches épuisantes dont il l'avait chargée depuis deux jours, Jo rayonnait toujours de joie de vivre. Non seulement elle n'avait toujours pas pris ses jambes à son cou pour retourner dans son luxueux palais en Méditerranée, mais elle s'était acquittée de tout à la perfection. Le camping-car et la camionnette rutilaient, Aggie était bichonné comme jamais, et chaque repas était un véritable festin...

Mais l'ultime épreuve qu'il lui réservait la ferait craquer. Personne ne pouvait résister au pensum de la lessive. D'ailleurs, il avait choisi la laverie la moins reluisante du quartier le plus sinistre de la ville. La peinture s'écaillait, la vitrine fissurée était rafistolée au scotch, et une rangée de machines rouillées parachevait l'impression de désolation qui se dégageait de l'endroit.

D'un bond joyeux, Buck descendit sur le trottoir et porta quatre sacs bourrés à craquer dans la laverie. Draps, serviettes, jeans, chemises, torchons, il les avait remplis de tout ce qui se trouvait dans le camping-car, même ce qui n'était pas sale.

Après l'avoir rejoint, Jo passa tout d'abord la tête par

l'entrebâillement de la porte, puis parcourut la pièce d'un regard inquiet, avant d'entrer prudemment. Elle s'assurait que personne ne se trouvait à l'intérieur.

Buck approcha les sacs des machines et sortit une dizaine de pièces de sa poche.

— Avec ça, dit-il, tu devrais avoir assez. Je serai de retour d'ici à deux heures.

— Tu ne restes pas ?

— Je dois passer au garage pour faire enlever un clou d'un des pneus de la camionnette.

Jo balaya du regard la rangée d'appareils, visiblement inquiète.

— Tu sais faire marcher une machine à laver, non ? demanda Buck, non sans quelques remords.

N'allait-il pas un peu loin dans la plaisanterie ?

— Bien sûr, balbutia-t-elle, mais... si j'ai besoin de toi ?

Besoin de lui ? Mais c'était exactement ce qu'il voulait ! Qu'elle ait besoin de lui. Qu'il soit pour elle un homme, un vrai, et non un caprice dont elle se lasserait rapidement. Déchiré entre une stupide envie de prendre Jo dans ses bras et la nécessité de préserver sa fierté masculine, Buck marcha vers la porte à reculons.

— Mais non, tu t'en sortiras très bien, affirma-t-il, avant de tourner les talons.

Une fois sur le trottoir, loin du regard désespéré de Jo, il sentit sa résolution se raffermir. Dans deux heures, lorsqu'il reviendrait, il trouverait la princesse en pleine crise en nerfs, impatiente de rentrer chez elle retrouver son royal papa ! Et tant pis si ses jeans devaient se réduire à la taille deux ans et ses slips se teindre en mauve ou en vert...

Trois quarts d'heure plus tard, le garagiste avait réparé le pneu de la Chevrolet. En s'installant au volant de sa camionnette, Buck sentit monter en lui une sourde inquiétude. Et si Jo s'était enfuie ? Non seulement il risquait d'être arrêté pour enlèvement, mais il n'était pas certain de la retrouver un jour. Car en dépit de sa méfiance envers elle, il devait admettre qu'elle le rendait fou !

Indécis, il erra au hasard des rues... et se retrouva, à peine une heure après son départ, en vue de la laverie.

Une voiture était stationnée juste devant, et il sembla à Buck distinguer deux silhouettes à l'intérieur. Mais il était trop loin pour être certain que Jo soit l'une d'elles. Que devait-il faire : attendre que les deux heures soient écoulées, pour découvrir que Jo s'était envolée, ou céder à la tentation de se précipiter dans la laverie, au risque de trahir son impatience de retrouver sa compagne ?

Incapable de tenir en place, il se gara à quelque distance de la laverie et traversa la rue, le cœur battant.

Jo était penchée sur une table et aidait un jeune homme à plier des draps. Au moment où Buck refermait la porte, Jo éclata de rire à une plaisanterie de son interlocuteur, et répondit quelque chose que le ronronnement des machines l'empêcha d'entendre.

Elle s'amusait ! Il se faisait un sang d'encre, et madame prenait du bon temps ! Ravalant sa colère, il s'avança vers elle.

— Tout va bien, mon cœur ? demanda-il en lui plantant un baiser sonore sur la tempe, comme pour proclamer « chasse gardée ».

— Parfaitement, répondit-elle après un quart de seconde de surprise.

Son éducation princière était sans lacune. Dans un geste gracieux, elle tendit la main vers son voisin.

— Buck, je te présente Jeff Ludlow. Jeff, voici mon mari, Buck Buchanan.

Le jeune homme tendit la main vers Buck.

— Enchanté. Votre épouse est charmante !

— C'est aussi mon avis, répliqua Buck avec un sourire glacial.

Décidément tout allait de travers, songea-t-il, prodigieusement dépité par la tournure que prenait la situation.

***

Il était à peine 10 heures le lendemain matin lorsque Jo, épuisée d'avoir nettoyé l'enclos d'Agamemnon, décida de s'offrir un peu de repos. Mais à peine avait-elle pris place dans une chaise longue qu'elle reconnut le moteur de la Chevrolet.

Tournant la tête, elle constata que Buck était de retour des courses. Machinalement, elle arrangea le bouquet de fleurs des champs qu'elle avait placé dans une boîte de conserve — tellement plus original que la sempiternelle douzaine de roses dans un vase en cristal de Bohême !

Elle sourit. La veille au soir, elle avait improvisé un délicieux chili con carne, en s'inspirant de la recette qui figurait sur cette même boîte de tomates au jus. En dépit de l'absence de commentaire de Buck, qui avait avalé le contenu de son assiette sans mot dire, Jo avait été étonnée d'avoir aussi bien réussi son plat. En fait, elle s'était régalée !

Buck descendit de la Chevrolet et ouvrit la porte arrière.

— Laisse, dit-il lorsqu'elle tendit la main pour prendre les sacs. Je vais les porter dans la cuisine.

Etonnée, elle le laissa passer.

— Ça ne te dérange pas de me laisser porter des dizaines de kilos de fumier, mais tu joues les gentlemen pour trois malheureux sacs de courses ? s'étonna-t-elle.

Mais Buck ne répondit pas. Une fois les provisions entassées sur la table de la cuisine, elle entreprit de les vider. A sa grande surprise, Buck se mit à l'aider, au lieu de s'affaler sur le canapé, comme il en avait l'habitude. En silence, ils rangèrent boîtes et paquets dans la petite cuisine. Comme c'était agréable de partager ces simples tâches quotidiennes ! Ce serait un plaisir qui lui manquerait, le jour où il lui faudrait quitter Buck.

Tout d'un coup, alors qu'elle venait de refermer le placard du haut dans lequel elle venait de déposer un paquet,

Buck se releva brusquement après avoir rangé des canettes dans le petit réfrigérateur, situé juste en dessous. Et il arriva ce qui devait arriver.

Jo sentit soudain Buck tout près d'elle, la frôlant de tout son corps. Le souffle coupé, elle le vit poser les mains sur elle, puis la serrer contre lui en étouffant un soupir.

— Buck ? appela-t-elle, incrédule.

— Hmm ?

Il laissa ses mains courir sur son dos, allumant en elle une intense flambée de désir. Puis, avant qu'elle ait pu réagir, elle sentit les lèvres de Buck s'écraser sur les siennes. Gémissante, elle s'abandonna au baiser qu'elle avait tant attendu.

Soudain, Buck la souleva dans ses bras. Ouvrant les yeux, elle s'aperçut qu'il l'avait assise sur la petite table de la cuisine et se tenait debout contre elle. Dans un réflexe, elle referma les jambes autour de ses hanches. Puis elle se serra contre lui, à demi consciente de l'audace de son geste.

— Jo, l'entendit-elle murmurer d'une voix rauque.

— Oui ?

— Non.

— Si, répondit-elle, brûlante de passion en comprenant à quoi il faisait allusion.

— Je ne veux pas.

— Ah ? demanda-t-elle, mutine. Ce n'était pas l'impression que j'avais !

Elle l'entendit étouffer un grognement.

— Buck, reprit-elle, je suis ta femme. Pourquoi refuses-tu de...

— Parce que !

Il posa sur elle un regard étrange, brûlant d'un désir inassouvi, à la fois furieux et désespéré.

— Si seulement tu n'étais pas...

Il s'interrompit. Puis, dans un geste brusque, il se détourna d'elle et sortit de la pièce.

— Buck !

Mais il était trop tard. Elle entendit le claquement de la portière de la Chevrolet, puis le vrombissement d'un moteur qui démarrait en trombe. Lorsqu'elle sortit du camping-car, la camionnette n'était plus qu'une tache rouge sur l'allée qui s'éloignait du lac.

Ce ne fut qu'une bonne heure plus tard que Buck revint. Jo ne se détourna pas d'Agamemnon, qu'elle était en train de nourrir. Elle avait passé le reste de la matinée à essayer de comprendre les raisons de l'attitude de Buck — en vain. Si son mari refusait de lui faire l'amour, en dépit du désir manifeste qu'il éprouvait pour elle, qu'y pouvait-elle ? Peut-être était-ce l'idée d'un mariage provisoire qu'il ne supportait pas ?

Il faudrait bien qu'elle trouve une solution ! Car, outre la passion qui la dévorait, Jo savait qu'un mariage blanc ne lui serait d'aucune aide pour contrecarrer les projets de Bonifay. Mais comment aborder un sujet aussi délicat ?

— Jo ?

Elle fit volte-face. Il était à quelques pas d'elle, adossé à la barrière de l'enclos.

— Oui ? répondit-elle, pleine d'espoir.

Durant quelques interminables secondes, il demeura immobile, ses yeux plongés dans les siens, ses cheveux bruns doucement agités par la brise qui provenait du lac. Puis il laissa son regard dériver vers les flots clairs.

— Je ne...

Il hésita, puis se tut.

— Oui ? répéta-t-elle pour l'encourager.

Il poussa un profond soupir, qui ressemblait à du découragement.

— J'ai du travail. Je m'installe dans le camping-car, sois gentille de ne pas me déranger.

Etait-ce là tout ce qu'il avait à dire ? Suffoquée, Jo le

regarda pivoter sur ses talons, franchir le portail de l'enclos et le refermer derrière lui.

— Mais...

Une fois de l'autre côté de la barrière, il leva brièvement les yeux vers elle.

— J'en ai pour une heure, pas plus. Tu pourras préparer le déjeuner quand j'aurai terminé.

Puis il monta dans le camping-car, dans lequel il s'enferma en poussant bruyamment le loquet derrière lui.

Jo sentit un immense désespoir l'envahir. Non seulement elle n'avait toujours pas éloigné le spectre de l'épouvantable Piquet, mais elle avait épousé un homme plus têtu et plus désagréable que Bonifay lui-même !

S'appuyant contre la barrière, elle croisa les bras sur le bois chauffé par le soleil. Que faire ? Demander le divorce ? Impossible. Dès qu'elle donnerait son nom, on effectuerait le rapprochement entre Jo Freeheart et Joséphine Francœur de Beaulieu. De plus, la seule idée de vivre entre les bras d'un autre homme l'ivresse qu'elle connaissait auprès de Buck l'emplissait d'effroi, pour ne pas dire de dégoût.

A vrai dire, elle n'avait d'autre issue que de vaincre sa résistance. Si seulement elle avait disposé de plus de temps !

Un contact tiède sur son épaule la fit soudain sursauter. Elle leva la tête... pour apercevoir Agamemnon, qui s'était approché d'elle sans bruit. Passant les bras autour de son cou puissant, elle posa sa joue contre le bel animal.

— Aggie, murmura-t-elle, si tu savais comme Montclair me manque ! Surtout Bayard et Alette. Tu ne les connais pas, mais je suis sûre que tu les aimerais. Bayard est un splendide étalon, et Alette, ma jument favorite. Je sais que je ne devrais pas me vanter, mais l'an dernier, un de leurs fils a été classé quinzième par la fédération américaine de dressage.

Agamemnon hennit très doucement.

— Que dis-tu? Tu aimerais les connaître? Ce serait merveilleux, mais c'est peu probable. Montclair est à un continent et un océan d'ici. Dans quelques semaines, j'y serai retournée, et nous ne nous verrons sans doute plus jamais...

Les yeux emplis de larmes, elle regarda en direction du camping-car. Puis elle relâcha Agamemnon, et fit quelques pas le long de l'enclos. Elle ne supportait plus l'immobilité à laquelle Buck la condamnait. Il fallait qu'elle agisse!

Derrière elle, Agamemnon hennit de nouveau.

— Toi aussi tu t'ennuies, pas vrai mon beau? Et si on s'offrait une petite balade, toi et moi?

Ravie de s'être trouvé un but, et pas fâchée à l'idée de monter de nouveau, Jo se dirigea vers le camping-car d'un pas décidé. Puis elle stoppa net. Etait-il bien nécessaire de prévenir Buck? Non seulement il se souciait d'elle comme d'une guigne, mais il avait expressément demandé de ne pas être dérangé.

Mais alors qu'elle revenait de la remorque d'Agamemnon, où elle était allée prendre la selle, elle vit la porte de la partie aménagée en camping-car s'ouvrir à la volée.

— Que fais-tu? demanda Buck d'une voix sèche.

— Je vais monter un peu Agamemnon, il a besoin d'exercice.

— Toute seule?

Jo jeta un regard surpris sur Buck.

— Cela pose un problème?

— Je t'accompagne, annonça-t-il tout à trac.

— Mais nous ne pouvons pas monter tous les deux sur lui!

— Nous n'irons pas loin, et il ira au pas.

— Comme tu veux. Je vais juste lui mettre une couverture, et je...

Avait-elle rêvé ? Elle perdit le fil de sa phrase, tandis que, par la porte ouverte du camping-car, elle apercevait l'objet posé sur la table de la cuisine, et dont la présence ici était des plus incongrues. Puis elle reprit :

— C'est un ordinateur ?

6.

Bon sang, quelle gaffe venait-il de commettre ?

Résistant à grand-peine au réflexe de refermer la porte derrière lui, Buck ravala un juron. Pourquoi diable se sentait-il soudain coupable ? Il ne faisait que travailler, après tout !

Mais le regard stupéfait de Jo laissait supposer qu'il allait devoir se livrer à une petite explication. En effet, à l'exception des propriétaires de ranchs importants, aucun propriétaire de cheval n'avait besoin d'un ordinateur.

— A quoi te sert-il ? interrogea Jo, qui ne cachait pas sa curiosité.

Un instant, Buck chercha un prétexte à lui servir, puis il se ravisa. Pourquoi ne pas lui révéler qu'il jouait en Bourse ? Un cow-boy qui consacrait plusieurs heures par jour à spéculer en Bourse sur Internet ne pouvait être qu'un fou furieux ! Peut-être cela suffirait-il à l'effrayer suffisamment pour qu'elle s'enfuie d'elle-même ?

— Je boursicote à mes heures perdues, répondit-il avec un geste évasif.

— Tu plaisantes ? demanda-t-elle, ébahie.

— Pas du tout !

D'un pas décidé, Jo monta dans le camping-car. Jetant négligemment la couverture de selle d'Aggie sur la banquette, elle s'assit devant l'ordinateur.

— Je n'arrive pas à y croire ! s'exclama-t-elle avec un sourire incrédule

— Et pourquoi ? s'offusqua Buck, irrité. Tu me trouves trop primitif pour faire la différence entre le Nasdaq et le Dow Jones ?

— Pas du tout !

Elle se mordit la lèvre, gênée. Mais elle avait trop d'éducation pour prononcer une parole désobligeante.

— C'est seulement... Comment dire ? Enfin, je croyais qu'il fallait être riche pour spéculer en Bourse.

Riche ? Buck retint un formidable éclat de rire. Si elle savait à quel point il l'était ! Soudain, il fut tenté de tout lui révéler. Combien il possédait, de quelle façon il avait plusieurs fois décuplé le capital que lui avait laissé son grand-père pour en faire une fortune colossale, et quel poids il pesait aujourd'hui dans la finance internationale... En un mot, il avait envie de lui prouver qu'il était exactement l'homme qu'elle attendait. Sur tous les plans.

Mais son sens pratique prit aussitôt le dessus. Pas question de se laisser enrôler dans une vie conjugale pour laquelle il ne se sentait aucune vocation. Car une fois leur union consommée, il ne l'oublierait pas aussi facilement. Le plus sage restait de mentir, effrontément.

— Désolé, madame Buchanan, mais quand tu m'as épousé, tu savais que je n'avais pas un sou vaillant.

Elle plongea ses beaux yeux ambrés dans les siens.

— Je suis désolée si je t'ai blessé, ce n'était pas mon intention.

— D'ailleurs, reprit Buck, je ne joue pas réellement en Bourse. C'est juste un site de simulation, pour s'entraîner.

— Une sorte de Monopoly ?

Inquiet, Buck vit que la lueur d'intérêt n'avait pas diminué dans le regard de Jo, bien au contraire.

Puisqu'il n'avait pas réussi à l'effrayer, il allait essayer de l'ennuyer. Cependant, il n'était pas certain d'y parvenir. Car depuis qu'elle était avec lui, il avait tenté par tous les moyens de la faire craquer, sans le moindre succès. Si une femme aussi fine et intelligente parvenait à trouver de l'attrait aux tâches les plus ordinaires, voire les plus rebutantes, c'était probablement par goût de la nouveauté. Il y avait donc fort à parier que cette nouvelle tentative serait un échec. Mais au point où il en était, il n'avait guère le choix.

— Si on veut, oui, répondit-il.

— Je peux essayer ? demanda-t-elle, enthousiaste.

Buck étouffa un soupir de contrariété. Une fois de plus, il l'avait sous-estimée ! Il avait bien envie de lui dire que non, elle ne pouvait pas essayer, parce que cela l'obligerait à rester assis près d'elle, à sentir son parfum enivrant, à frôler sa peau de soie, et que c'était précisément ce à quoi il avait voulu échapper en se terrant plusieurs heures par jour dans le camping-car depuis qu'elle était avec lui. Mais il ne pouvait rien avouer de tout cela.

Habituellement, la Bourse n'était qu'un passe-temps, une façon de garder le contact avec le monde de la finance, car ce n'était pas en spéculant sur les valeurs boursières que Buck avait bâti l'essentiel de sa fortune, mais en investissant dans de petites sociétés prometteuses qui ne disposaient pas d'une surface financière suffisante pour se développer. Mais les jours derniers, jouer en Bourse avait surtout constitué son seul moyen ne pas devenir fou ! Jamais il n'avait autant désiré une femme, et jamais aucune femme n'avait constitué un tel danger pour lui...

— Pourquoi pas ? répondit-il à contrecœur. Allez, fais-moi une petite place.

Il s'assit à son côté et tourna l'ordinateur de façon qu'elle puisse voir l'écran.

— Que sais-tu des sites d'investissement sur Internet ?

— A peu près rien.

Tant mieux ! Au moins, elle ne s'apercevrait pas qu'il se trouvait en réalité sur son site personnel, créé par sa propre société de courtage en ligne.

— Il s'agit donc d'un site de simulation, destiné à

ceux qui veulent apprendre les bases de la spéculation boursière. Voyons, nous allons t'attribuer dix mille dollars pour commencer.

— Dix mille dollars ? s'étonna Jo. Oh, de toute façon, ça ne compte pas, puisque c'est pour jouer !

— Bien sûr, répondit Buck avec un sourire forcé.

Après tout, qu'elle perde cette somme, que lui importait ? Ce n'était que de l'argent, et si cela pouvait servir à l'éloigner de lui, ce serait même un bon investissement.

— Le principe est simple, expliqua Buck, il faut acheter à bas prix et revendre cher. Facile, non ?

— Non. Comment sait-on si les cours vont monter ou descendre ?

— On ne sait pas. C'est ça qui est amusant.

— Amusant ? Perdre de l'argent ?

— Non, mais en gagner, oui.

— Et si je dilapide toute la somme qui m'est allouée pour jouer ?

— C'est fini pour aujourd'hui, mais tu peux recommencer demain.

Elle sourit.

— C'est vraiment comme le Monopoly !

— Pas tout à fait. Dans le cas présent, tu n'achètes pas un boulevard entier, mais juste une partie. Et les prix ne sont pas stables. Tiens, regarde.

A l'aide du curseur de la souris, il désigna une fenêtre dans l'écran, où une liste de chiffres changeait toutes les deux ou trois secondes.

— C'est des actions pétrolières que je surveille depuis quelque temps.

— Tu les as achetées ?

— Pas encore. Les cours descendent depuis ce matin.

— Ça se dévalue, et tu veux investir de l'argent là-dessus ?

— En général, quand un cours descend, il finit par remonter. Dans ce cas particulier, il y a une raison précise pour qu'il chute, et une autre pour qu'il grimpe en flèche ensuite.

— Ah ?

— La société a publié son bilan trimestriel hier, et il fait état de pertes. Les actionnaires cherchent donc à se débarrasser de leurs parts. Mais elle est en train de prospecter un nouveau marché, qui devrait lui apporter de bonnes rentrées. D'où une belle remontée en perspective.

— D'où tiens-tu cette information ?

Buck étouffa un juron. Il avait encore failli se trahir.

— Eh bien... je lis les journaux, comme tout le monde. Bon, je vais bientôt commencer à acheter. Regarde comment je m'y prends, et ensuite je t'ouvrirai un compte.

Vingt minutes plus tard, Buck avait acquis plusieurs milliers de parts de la société pétrolière.

— Comment peux-tu acheter autant, avec seulement dix mille dollars ?

Bon sang, il n'allait pas la mener en bateau bien longtemps ! Elle comprenait vite, bien plus que certains spécialistes qu'il connaissait...

— Cela fait des mois que je joue. Les gains s'accumulent.

Jo hocha la tête, apparemment satisfaite de la réponse de Buck. Elle sourit.

— Ça ne t'arrive jamais de souhaiter que les sommes que tu gagnes soient réelles ?

Si seulement elle savait... Mais il ne fallait même pas y penser. Après avoir validé ses transactions de la journée, Buck ouvrit un compte pour Jo et glissa le clavier et la souris devant elle. Elle commença par une bonne demi-heure d'observation attentive, puis se décida à acheter quelques centaines d'obligations de deux sociétés. Dix minutes après, le cours de la première amorçait une courbe ascendante, suivi de peu par celui de la seconde.

Jo était fascinée par le jeu, et Buck était fasciné par elle ! D'ailleurs, c'était plus elle que l'écran qu'il observait. Tant pis s'il y laissait quelques milliers de dollars. Il était littéralement hypnotisé par son regard captivé, par les petits cris de joie qu'elle laissait échapper en voyant ses gains s'afficher. Et lorsqu'elle lui agrippa le bras dans un geste inconscient, il sentit son cœur faire un bond dans sa poitrine.

Une heure après avoir commencé à jouer, non seulement elle n'avait rien perdu, mais elle avait gagné presque un millier de dollars. Admiratif, Buck dut se retenir pour ne pas l'applaudir. Au même instant, il sentit son estomac crier famine.

— Tu as faim ? demanda Jo, comme si elle revenait à la réalité. Il est presque une heure de l'après-midi, je vais nous préparer quelque chose à manger.

— De toute façon, la Bourse ferme à une heure.

— Si tôt ?

— A New York, il est déjà quatre heures de l'après-midi.

— C'est vrai qu'ici, nous vivons à l'heure du Pacifique.

Elle se leva et ouvrit un placard de la cuisine.

— Pourquoi ne m'as-tu jamais parlé de tout cela ? demanda-t-elle en désignant l'ordinateur.

— Je ne pensais pas que ça t'intéresserait.

— Ça m'intéresse autant que toi, dit-elle d'une voix douce.

— Et puis... j'avais peur que tu trouves ça bizarre.

— Bizarre ?

— De voir un cow-boy faire semblant de jouer en bourse.

— Et ça l'est ?

— La plupart d'entre nous ne sont pas assez riches pour ça.

— Toi non plus.

— Non, bien sûr. Ce n'est qu'un jeu...

Bon sang, qu'il détestait mentir ! Son estomac gargouilla de nouveau, créant une diversion appropriée.

— Je n'ai pas entendu parler de déjeuner ? demanda-t-il, ravi de changer de conversation.

Quelques instants plus tard, tandis que Jo s'affairait dans la cuisine, Buck coupa la connexion Internet et éteignit l'ordinateur. Puis il saisit discrètement son téléphone portable, qu'il avait caché derrière l'ordinateur, pour le glisser dans sa poche. Si elle le voyait, Jo ne manquerait pas de lui demander comment un « pauvre cow-boy » pouvait s'offrir ce luxe.

C'est qu'elle était futée, sa jolie princesse.

Et, manque de chance, il adorait ça.

Assise à l'avant de la camionnette, Jo tendit le cou pour ne pas perdre une miette du spectacle autour d'elle. C'était un vendredi soir, et ils avaient pris place dans le cinéma en plein-air local, un de ces fameux drive-in que Jo avait toujours rêvé de connaître.

Lorsque Buck lui avait proposé cette sortie, elle s'était réjouie de cette occasion de « sortir en amoureux ». C'était leur dernière soirée au bord du lac Tahoe, puisque le lendemain, Buck était attendu à Sonora, en Californie, pour un autre rodéo.

Jo n'avait pas caché son anxiété à l'idée d'être reconnue, mais il avait balayé ses craintes d'un grand rire sonore. Comment son père risquait-il de la reconnaître dans un petit rodéo peu fréquenté ? avait-il demandé en riant. Ce qu'il ignorait, c'était qu'à présent ses poursuivants n'étaient plus quelques gardes du corps menés par une Mme de Savoie incapable de comprendre un mot d'anglais, mais probablement une escouade d'agents du FBI surentraînés. Lorsqu'il s'agissait de parvenir à ses fin, Bonifay ne lésinait pas sur les moyens...

Pour l'instant, elle ne risquait rien tant qu'elle ne sortait pas de la camionnette. Elle laissa son regard errer autour d'elle. Un break venait de se garer à la place juste devant eux. Cinq enfants âgés de trois à douze ans environ en descendirent et se mirent à courir autour du véhicule, visiblement excités à l'idée de voir un film. Leurs parents installèrent sept chaises longues devant la voiture, d'où ils sortirent une glacière et un grand sac plastique fatigué débordant de pop-corn sûrement fait maison.

Un peu plus loin, dans une vieille voiture toute bosselée, deux jeunes gens se bécotaient allègrement, sous le regard curieux de deux fillettes. Plus haut dans la file, un couple d'obèses étaient enfoncés dans leurs chaises longues, d'énormes sandwichs à la main. Par sa vitre abaissée, Jo sentait l'odeur de hot dogs et de pop-corn qui planait sur le drive-in. Elle poussa un soupir de bien-être. C'était cela, la vraie vie.

— Jo !

La voix de Buck la tira soudain de sa rêverie. Tournant la tête, Jo le vit debout devant la porte du côté du conducteur, les bras chargés de boissons et de friandises.

— Ouvre-moi la porte, avant que je ne fiche tout par terre, grommela-t-il.

Une seconde plus tard, Buck avait déposé son butin sur son siège : une grande boîte de pop-corn, deux sodas, des hot dogs et des barres chocolatées.

— Oh, Buck ! s'exclama Jo, effarée. Mais nous avons dîné il y a deux heures à peine !

— Je sais, sourit-il. C'est juste un petit en-cas, ça ne compte pas.

Jo fit coulisser la tablette entre leurs deux sièges et y rassembla le « petit en-cas ». Puis elle porta un pop-corn à ses lèvres. Il était parfait ! Léger, croquant et sucré au-dessus, moelleux et légèrement salé à l'intérieur, exactement comme elle aimait.

— Je préfère ne pas penser aux calories qu'il y a là-dedans, marmonna-t-elle.

— Mais ce n'est qu'un petit en-cas...

— Ça ne compte pas, j'ai entendu. J'espère que mes cuisses aussi ont entendu.

— Tes cuisses sont parfaites, affirma Buck en plongeant la main dans le pop-corn. Et tu as brûlé assez de calories aujourd'hui pour en reprendre quelques-unes.

Jo lui glissa un regard interloqué. Même si ce n'était pas dans les termes les plus délicats, il venait de lui adresser un compliment. C'était bien la première fois !

— Exact, dit-elle d'une voix faussement légère. Pour ce qui est de me faire brûler des calories, je dois reconnaître que tu ne manques pas d'idées.

— Ne me dis pas que tu préférerais passer tes journées sur le canapé à manger des bonbons ?

— Certainement pas. Ça fait encore plus grossir que le pop-corn.

— Alors de quoi te plains-tu ? De plus, tu as gagné un millier de dollars ce matin, tu mérites une soirée de détente.

Elle eut un sourire amer.

— Pas de véritables dollars, rectifia-t-elle.

— Peut-être, mais tu t'en es bien tirée.

— C'est vrai. Si seulement je pouvais...

Si seulement elle pouvait faire fructifier les maigres richesses de Montclair avec autant de succès ! songea-t-elle avec dépit.

— Tu disais ? s'enquit Buck.

— Non, rien.

— En tout cas, tu devrais être fière de toi. Tu te débrouilles sacrément mieux que moi à mes débuts.

— Quand as-tu commencé ?

Buck enfourna une poignée de pop-corn dans sa bouche.

— Hmm... Il y a quelques années.

— Pourquoi t'es-tu intéressé à la Bourse ?

— Tu en poses, des questions !

Elle ouvrit sa canette de soda et prit une poignée de pop-corn.

— J'ai bien le droit d'essayer de te connaître, puisque je suis ta femme.

Buck prit sa canette à son tour, mais au lieu de l'ouvrir il demeura songeur de longues minutes. Puis il se tourna vers Jo, son regard braqué sur elle avec une intensité inhabituelle.

— Dans quelques mois, tu ne seras plus là, Jo. Ne te donne pas autant de mal pour un homme avec qui tu n'as pas l'intention de passer le reste de ta vie.

C'était donc ça ! Ce fut comme si un voile se déchirait devant les yeux de Jo. Si Buck ne posait plus la main sur elle, s'il était d'aussi mauvaise humeur et les faisait tous deux travailler jusqu'à ce qu'ils tombent de sommeil, c'était parce qu'il craignait de s'attacher à une femme qu'il devrait bientôt quitter !

Pour être honnête, elle avait exactement les mêmes inquiétudes, même si elle réagissait différemment.

— Je ne sais pas combien de temps durera ce mariage, dit-elle, mais pour l'instant, nous sommes ensemble. Et j'ai vraiment envie de te connaître.

Elle prit soudain conscience qu'elle ne savait rien — ou à peu près — de l'homme qu'elle avait épousé. Ils avaient pris l'habitude chaque soir d'installer leurs chaises longues au bord du lac Tahoe, pour regarder les étoiles s'allumer dans le ciel, et de parler de leurs vies respectives, mais elle avait été tellement occupée à dissimuler sa véritable identité qu'elle en avait oublié de prêter attention aux paroles de Buck. A présent, toutefois, il lui semblait cependant discerner quelques zones d'ombre. Avait-il cherché à lui cacher certains aspects de son passé... ou de sa vie actuelle ?

— Tu en es sûre, Jo ? demanda-t-il d'une voix anormalement grave. Vraiment sûre ?

— Oui, murmura-t-elle, le cœur battant.

— Je...

A cet instant, le haut-parleur accroché à la portière de Jo se mit à grésiller, la faisant sursauter. La canette de soda lui tomba des mains, tandis que la poignée de pop-corn qu'elle n'avait toujours pas portée à ses lèvres volait alentour.

Buck se mordit la lèvre. Sauvé par le gong ! Une seconde de plus, et il révélait tout à Jo...

En effet, plus les jours passaient, et plus son mensonge lui faisait horreur. En dépit de sa méfiance initiale, il avait été forcé de reconnaître que Jo n'avait rien d'une mijaurée. Il avait eu beau se montrer insupportablement macho et désagréable, elle avait fait preuve d'une bonne humeur à toute épreuve...

— Oui ?

— Rien, répondit Buck en se tournant vers l'écran, incapable de prendre une décision. De toute façon, ça commence.

Mal à l'aise, il sentit qu'elle lui jetait un regard d'incompréhension. Puis elle ramassa ce qu'elle avait renversé, descendit de la Chevrolet pour jeter le tout dans la poubelle la plus proche.

— Merci, dit-il, assailli par la culpabilité, lorsqu'elle revint.

— Je t'en prie, répondit-elle avec un sourire acide. Après tout, le ménage, c'est un travail de femme, non ?

Buck se concentra de nouveau sur la bande-annonce, qui présentait un film d'action particulièrement musclé. Puis il sursauta.

Jo venait de lui poser la main sur la cuisse.

7.

Au contact de la main de Jo sur sa cuisse, Buck tressaillit.

— Qu'est-ce que... ?

Pour toute réponse, elle lui tendit sa main, dont la paume était emplie de pop-corn qu'elle avait ramassé sur son jean. Il laissa échapper un soupir de soulagement. Dire qu'il avait cru qu'elle essayait de le séduire !

— Merci, articula-t-il, se sentant stupide.

Mais au lieu de jeter le pop-corn par la fenêtre, elle l'approcha des lèvres de Buck.

— Tiens.

Sa voix, plus basse et plus voilée que d'habitude, alluma en lui une flambée de désir. Il leva les yeux vers elle. Elle semblait à la fois intimidée et résolue, hésitante mais pleine d'ardeur. Buck ne put retenir un sourire. Finalement, elle essayait bien de le séduire.

Et le pire, c'est qu'il en était troublé, et ravi.

Il n'en pouvait plus des relations artificielles qu'il avait établies entre eux, du mensonge sur lequel reposait leur mariage. Même si elle avait sa part de responsabilité, bien qu'elle eût de bonnes raisons de vouloir échapper à son père, et surtout à son Premier ministre, comme il l'avait appris quelques heures plus tôt en naviguant sur Internet

Là, Buck avait pris connaissance avec effarement du

décret selon lequel l'héritière de Montclair devait être mariée avant son vingt-cinquième anniversaire pour pouvoir prétendre au trône. C'est alors qu'il avait compris les raisons du silence de Jo sur les raisons de son mariage, et son impatience à consommer leur union, bien qu'elle ne lui ait rien demandé de façon explicite. Pouvait-elle décemment demander à un homme de la faire sienne pour ne pas compromettre son accession au trône ? Cela aurait été contre sa délicatesse naturelle, et contre l'éducation qu'elle avait reçue.

Mais, étrangement, cela la rendait encore plus attirante...

Sans un mot, il lui prit le poignet et attira sa main vers sa bouche. Après y avoir picoré le pop-corn, il referma ses lèvres autour de ses doigts, dans un tendre baiser.

— Buck, murmura-t-elle d'une voix chavirée.

— Tu sais ce que je pense ? demanda-t-il.

— Non.

— Je pense que tu es en train d'essayer de me séduire.

— Je peux ?

Il sourit.

— Tu demandes la permission, ou tu veux savoir si tu en es capable ?

— Les deux.

Il lui posa la main sur son cœur qui battait sourdement, au rythme du désir.

— A ton avis ? demanda-t-il.

En guise de réponse, elle sourit malicieusement. Incapable de résister à la passion qui se levait en lui, Buck rabattit la tablette qui les séparait et prit Jo par la taille pour l'approcher de lui. Aussitôt elle referma les bras autour de son cou et lui offrit ses lèvres, dans un élan irrésistible.

Lorsque Buck lui effleura la bouche, il comprit que plus rien ne serait comme avant.

Ce fut un baiser tendre et fougueux, d'abord très doux,

puis de plus en plus fébrile. Lorsque Buck se fit plus exigeant, Jo répondit avec une audace dont il ne l'aurait pas crue capable. Encouragé par son abandon, il remonta lentement les mains vers ses seins, qu'il emprisonna comme deux fruits précieux.

— Tu me rends fou, murmura-t-il au creux de son oreille.

Elle ne répondit pas, mais le soupir qu'elle laissa échapper valait toutes les réponses du monde. Buck posa les doigts sur le premier bouton de la chemise de Jo, qu'il ouvrit délicatement. Jo ne protesta pas. Enhardi, il poursuivit jusqu'en bas de la rangée, avant de lever les yeux vers sa compagne. Avec ses iris ambrés embués de désir, ses pommettes rosies, ses cheveux en désordre, celle-ci offrait le spectacle le plus adorable qu'il eût jamais contemplé...

Eperdu de désir, toute réalité oubliée, il voulut se rapprocher encore d'elle... et heurta de son genou le Klaxon de la camionnette. Le son assourdissant retentit sur le drive-in, faisant se retourner toutes les têtes vers la Chevrolet.

— Flûte ! grommela Buck.

— Bravo, fit Jo avec un sourire amusé.

Buck appuya son front contre celui de Jo.

— Pour la discrétion, c'est raté, chuchota-t-il, radouci.

Elle éclata d'un rire frais et cristallin, attisant la passion de Buck.

— Tu tiens vraiment à voir le film jusqu'au bout ? demanda-t-il.

— Quel film ?

— Rentrons, avant qu'on ne distribue des tickets pour nous regarder.

— Oui, ce n'est pas un spectacle pour les enfants, renchérit-elle d'un air sérieux.

Prestement, elle se redressa sur son siège et boutonna sa chemise. Passant les mains dans ses boucles brunes pour les discipliner, elle jeta un regard espiègle à Buck, qui venait d'allumer le moteur.

— N'oublie pas les haut-parleurs, lui rappela-t-elle.

— Bon sang, je les oubliais !

Buck posa la main sur la poignée de sa portière.

— Laisse, dit Jo. Je vais le faire.

Ouvrant discrètement sa porte, elle descendit vivement de la camionnette, qu'elle contourna sur la pointe des pieds. Une fois les haut-parleurs décrochés, elle remonta à côté de Buck. A peine avait-elle refermé sa porte que celui-ci faisait démarrer la Chevrolet.

— Pourquoi es-tu si loin de moi ? demanda-t-il, une fois hors du drive-in.

— C'est là que j'étais assise toute la semaine, répondit Jo, interloquée.

— Trop loin ! déclara-t-il en lui posant la main sur la cuisse pour l'attirer vers lui.

— Oups ! s'écria Jo en se cognant contre lui.

Puis elle poussa un soupir de bien-être.

— Tu as raison, reprit-elle. Je suis mieux ici.

Tandis qu'ils s'éloignaient des lumières de la ville et qu'autour d'eux l'obscurité reprenait ses droits, Buck passa le bras autour des épaules de Jo.

— Buck ? dit-elle en posant la tête sur lui.

— Hmm ?

— Merci d'avoir retrouvé tes esprits avant que... Enfin, tu vois. Pour la première fois, je préfère que ça ne se passe pas sur le siège d'une camionnette. Et puis, tu es trop grand.

Elle éclata de rire.

— Tu imagines la tête des gens en voyant tes pieds dépasser par la vitre !

Mais Buck n'écoutait pas. Seuls quelques mots résonnaient dans sa tête. « Pour la première fois. » Il toussota, cherchant ses mots.

— Tu veux dire... la première fois entre nous ?

— Non, je veux dire la première fois pour moi.

Pour Buck, ce fut comme s'il venait de recevoir une douche froide.

Il se souvenait de s'être vaguement posé la question, et d'avoir écarté cette éventualité comme bien improbable. De nos jours, plus aucune femme n'arrivait vierge au mariage, même dans les classes les plus élevées, lui avait-il semblé. Eh bien, Jo devait être l'exception qui confirme la règle.

Il retint à grand-peine un hurlement de rage. Il devait y avoir une seule princesse de vingt-cinq ans encore vierge dans le monde entier, et il fallait que ce soit sur elle qu'il tombe ! Une telle malchance était-elle possible ? Elle dut percevoir sa réaction, car elle tourna vers lui un visage inquiet.

— Cela te contrarie ?

Il était dans une rage folle, et elle lui demandait s'il était contrarié ? Mais c'était à la terre entière qu'il en voulait ! Au Premier ministre de Montclair, d'avoir brandi la menace d'Alphonse Piquet, point de départ de tout cet embrouillamini. Au monarque régnant de la petite principauté, de ne pas avoir été capable de retenir sa propre fille à la maison — ou au palais plus exactement. A ses propres parents, de lui avoir inculqué une telle haine de son propre milieu social — et un tel besoin de s'opposer à leurs valeurs. A Jo, enfin, d'être la femme la plus désirable et la plus interdite qui soit. Et à lui-même, surtout, de s'être fichu dans un tel pétrin...

Mais à bien y réfléchir, n'était-ce pas stupide de s'interdire d'aimer la femme de sa vie pour le simple plaisir de les faire enrager ? Que venait-il de dire ? Aimer la femme de sa vie ? Buck secoua la tête, comme pour en chasser les paroles qu'il venait de formuler intérieurement.

— Buck ? insista Jo. Qu'est-ce qui ne va pas ?

— Rien.

— Tu n'as pas changé d'avis, au moins ?

Bien sûr, il avait changé d'avis ! La virginité de Jo rendait leur union plus sacrée encore, et l'engageait, lui, plus sûrement, et plus définitivement. Et puis, il avait tout de même un minimum de sens moral. Si elle s'était réservée jusqu'au mariage, ce n'était pas pour un mari qui la quitterait après quelques semaines de vie commune.

— Jo, je crois que nous devrions d'abord discuter de...

— Pas question ! se rebella-t-elle. Je veux être ta femme. Complètement.

— Je suis désolé, mais...

— Il y a cinq minutes, tu le voulais aussi.

— Oui, avant que tu me dises que ce serait la première fois pour toi.

— Je ne vois pas ce que cela change !

— Ça change tout, Jo, dit-il, soudainement bouleversé par la détresse qu'il devinait en elle. Je croyais que tu ne voulais que d'un mari... provisoire ?

— Ne comprends-tu pas..., demanda-t-elle en cherchant ses mots. Si notre mariage n'est pas consommé, mon... père le fera annuler purement et simplement, et m'obligera à épouser... l'homme qu'il a choisi pour moi.

— Dis-moi, ton père doit être sacrément riche, non ?

Elle se figea.

— Pourquoi dis-tu cela ?

— De nos jours, les mariages arrangés ne se font que dans certains milieux. Quand il y a beaucoup d'argent en jeu.

Un long silence se fit.

— Tu ne réponds pas ? insista Buck.

— On peut considérer qu'il est plutôt à l'aise, oui, concéda finalement Jo. Mais son... entreprise est au bord de la faillite. Le fiancé qu'il m'a trouvé propose une... augmentation du capital tout à fait considérable.

— Mais tu ne l'aimes pas.

— Non, quoique ce ne soit pas le véritable obstacle à ce mariage. En fait, j'ai la preuve que cet homme projette en réalité de ruiner le... la société de mon père.

Buck n'avait pas entendu parler des plans de Piquet pour Montclair. Tout en se promettant de vérifier ce point dès que possible, il ne put s'empêcher de sourire. Que Jo ait été ou non bien informée, elle était prête à se donner à un homme qu'elle haïssait, si cela pouvait sauver son pays ! Combien de femmes auraient accepté ce sacrifice ? Son admiration pour elle s'en trouvait encore augmentée... ce qui ne simplifiait absolument rien.

Puis son sourire se figea. Que ses propres motivations lui paraissaient soudain égoïstes, en regard de celles de Jo ! Car son unique but était de fuir la bonne société et ses hypocrisies, et de vivre sans souci, sans attaches, sans contraintes. Tandis que ses diverses sociétés lui rapportaient une fortune considérable, il n'aspirait qu'à une chose : profiter de la vie, et se fatiguer le moins possible.

— Désolé, mon petit cœur, mais je ne suis pas le parti qu'il te faut, soupira-t-il. Trouve un autre mari.

— Impossible. Il faudrait que je passe devant un tribunal, et la justice aurait tôt fait de me repérer.

Visiblement, elle avait déjà envisagé cette éventualité. Et l'idée ne souriait pas du tout à Buck, en dépit de la désinvolture avec laquelle il venait de suggérer une séparation.

— Alors, que faisons-nous ? demanda-t-il.

— Peux-tu me jurer que tu n'as pas envie de...

Elle détourna les yeux.

— ... de me faire l'amour ? poursuivit-elle d'une voix étranglée.

— Non.

— Alors tout n'est pas perdu, murmura-t-elle pour elle-même.

Une fois de retour, Buck laissa Jo au camping-car et se dirigea vers le lac. Il ne voulait pas la voir se déshabiller, passer le T-shirt trop grand qu'il lui avait prêté, et se glisser dans ses draps, à demi nue, encore brûlante des baisers qu'il lui avait donnés...

— Et flûte !

D'un geste résolu, Buck ôta ses santiags, jeta son chapeau, et marcha droit dans les eaux glacées du lac Tahoe.

Il ne leur fallut que deux heures, le lendemain, pour quitter le lac Tahoe et descendre jusqu'à Sonora, en Californie. Ils arrivèrent assez tôt, et Buck partit faire un tour, en attendant que commence le rodéo. Comme il n'y avait pas encore beaucoup de monde autour des stands, Jo avait préféré rester dans le camping-car. Elle sortirait plus tard, pour se mêler plus discrètement à la foule.

Buck se tourna vers le terrain de camping destiné aux participants. De loin, il reconnut sa Chevrolet rouge et le camping-car juste à côté. A l'intérieur, se trouvait la femme qu'il désirait le plus au monde. Il lui suffisait d'entrer et de la prendre dans ses bras pour qu'elle lui offre tout son amour. Elle-même n'attendait rien d'autre... ce qui rendait plus douloureuse encore la situation de Buck.

Un moment viendrait où il devrait faire un choix, quitter Jo ou la faire sienne, définitivement. Mais comment prendre une décision ?

— Tiens, c'est ce vieux Buck ! fit une voix masculine derrière lui.

Pivotant sur ses talons, Buck reconnut Loy Osman, un vieux routier des rodéos, avec qui il avait passé plus d'une soirée à boire de la bière en applaudissant un groupe de musique country.

— Salut, Loy, ça gaze ?

— C'est à moi de te poser la question. Tu as cambriolé Fort Knox, ou quoi ?

— Pardon ?

Loy désigna d'un coup de menton le secrétariat du rodéo.

— Il y a deux types en costard cravate qui te cherchent, je viens de les croiser au bureau. FBI, qu'ils disent.

— Le FBI ? Pour moi ?

— Sais pas. Ils voulaient te poser des questions. Tu as des soucis ?

— Pas encore, mais si je moisis ici, ça pourrait m'arriver.

— Besoin d'un coup de main, vieux ?

En un éclair, Buck avait pris sa décision.

— Oui, Loy. Voilà ce que tu vas faire...

Mais qui était cet homme ? Soudain mal à l'aise, Jo, assise dans les gradins, détourna les yeux du cow-boy au physique de lutteur qui se dirigeait dans sa direction. Il y avait d'autres places libres que celles situées de part et d'autre de la sienne, se dit-elle pour se rassurer, et même s'il s'installait près d'elle, rien ne permettait d'affirmer qu'il était dangereux. Mais son intuition féminine lui chuchotait que c'était elle qu'il cherchait. Allié, ou ennemi ?

Elle n'eut pas longtemps à attendre pour être fixée ! Trois secondes plus tard, il se laissait lourdement tomber sur le banc, à son côté.

— Vous êtes bien mademoiselle Jo ? demanda-t-il à mi-voix, sans quitter du regard le centre de l'arène.

Interdite, elle le dévisagea un instant, avant de parvenir à tourner les yeux dans la même direction que lui. Comment connaissait-il son prénom ? Etait-il dangereux ?

— Vous inquiétez pas, reprit-il sur le même ton de conspirateur. Je suis Loy Osman, un ami de Buck.

Soudain, il bondit sur ses pieds et se mit à faire des bonds en levant le poing.

— Allez Kevin ! vociféra-t-il à l'attention du cow-boy

qui venait d'entrer dans l'arène. Vas-y mon gars, montre-leur ce que tu as dans les tripes !

Puis il s'assit de nouveau.

— Faites excuses, c'est un copain à moi.

— Alors vous venez de la part de Buck ?

— Exactement, mademoiselle. Il n'a pas pu venir lui-même, parce qu'il a le FBI aux basques.

Jo voulut se lever d'un bond, mais Loy la retint fermement par le bras.

— Du calme, ou vous allez vous faire remarquer.

Elle acquiesça, le cœur battant la chamade.

— Voyez la petite porte, sur votre gauche ? Buck vous attend là-bas, dans dix minutes, près de la baraque à frites. Vous affolez pas, il doit d'abord charger son cheval. Bon, vous comptez jusqu'à cent, vous vous levez et vous marchez tranquillement vers le camion, c'est compris ?

— Tranquillement, répéta-t-elle. Comme si j'allais m'acheter des frites.

— Voilà. Et vous attendez qu'il vous rejoigne.

Jo s'exécuta, puis se leva.

— Loy ? chuchota-t-elle. Merci. Je n'oublierai pas votre aide.

Il sourit et toucha le bord de son chapeau du bout de des doigts.

— A vot' service, mademoiselle Jo !

Quelques instants plus tard, elle arrivait au bas des marches, se félicitant d'avoir choisi un chapeau à large bord, qui lui dissimulait le visage. Il ne lui sembla rien remarquer d'anormal parmi les gens autour d'elle, mais elle sentait une sourde angoisse monter en elle. Etait-ce elle et non Buck qu'on recherchait ? C'était plus que probable. Mais si Buck devait être inquiété par sa faute, jamais elle ne se le pardonnerait.

Résistant à grand-peine à son envie de courir à toutes jambes, elle se dirigea vers la porte d'un pas mesuré, comme si elle avait tout son temps. Par chance, un jeune couple avec un bébé passait le guichet de sortie au même moment qu'elle. L'homme portait le petit dans ses bras, et la femme marchait derrière lui en poussant une poussette. Au moment de franchir l'étroit passage, les roues de la poussette se coincèrent.

Prise d'une inspiration subite, Jo bondit pour aider la jeune femme à soulever l'engin, et passa ainsi le guichet sans être remarquée par le contrôleur.

Buck se trouvait déjà là, le moteur de la Chevrolet allumé. D'un bond, Jo contourna la camionnette et ouvrit sa portière, mais au moment où elle se hissait à bord, elle entendit le grincement caractéristique du zoom d'un appareil photo, un son qu'elle aurait reconnu entre mille !

Aguerrie par des années de cache-cache avec les paparazzi, elle tourna la tête dans le sens opposé de celui d'où provenait le bruit.

— Vite ! s'écria-t-elle Il y a un photographe !

Buck démarra en trombe, mais plus loin, l'allée était encombrée de piétons, l'obligeant à ralentir. Dans son rétroviseur, Jo vit un homme bardé d'appareils photo courir après eux. Elle ne s'était pas trompée.

— Votre Altesse ! s'écria soudain l'homme. Princesse Joséphine !

8.

Maudit paparazzi ! Jo dut faire appel à toute sa bonne éducation pour retenir le gémissement de dépit qui lui montait aux lèvres. Cette fois-ci, elle ne pourrait plus prétexter qu'on l'avait confondue avec une autre...

La saisissant par l'épaule, Buck l'obligea à se pencher en avant.

— Cache-toi, Altesse ! Je vais essayer de nous sortir d'ici.

Il savait ! La comédie était terminée, le mariage également, sans doute. Jo sentit les larmes lui brûler les paupières. Son rêve de bonheur n'aurait pas duré bien longtemps...

Buck conduisit à vive allure durant un bon quart d'heure, changeant fréquemment de direction, puis, après une dernière inspection dans le rétroviseur, il ralentit.

— C'est bon. Je crois qu'on les a semés. Tu peux sortir de là.

Lentement, Jo se redressa en rajustant son chapeau, que Buck avait fait glisser dans son geste un peu brusque. Ils roulèrent en silence durant quelques minutes.

— Je suis effectivement Joséphine de Montclair, avoua-t-elle enfin d'une petite voix penaude.

Mais Buck se contenta de sourire d'un air entendu.

— Tu le savais ? demanda-t-elle, stupéfaite.

— Oui, mon petit cœur, je le savais.

— Depuis longtemps ?

— Depuis le premier jour de notre mariage.

Les images de cette matinée-là revinrent à la mémoire de Jo.

— Le jour où ma photo était dans le journal..., avança-t-elle pensivement.

— Il aurait fallu être aveugle pour ne pas la voir.

— Tu m'as menti.

— Et toi ? riposta Buck avec un sourire amer. Disons plutôt que j'ai accepté de marcher dans ton petit jeu.

— J'aimerais que ce ne soit qu'un jeu, déplora Jo, submergée par une vague de découragement.

Un silence tendu s'installa entre eux, troublé seulement par le ronronnement régulier du moteur.

— Je sais ce que tu fuis, concéda Buck sans quitter la route des yeux. Mais à l'époque, j'ai cru que tu n'étais qu'une petite fille riche qui faisait un caprice.

Jo ne put retenir un sourire.

— C'est pour cela que tu m'as fait travailler comme une esclave ? Pour me faire rentrer chez moi le plus vite possible ?

— Oui.

— Mais j'ai tenu bon.

— Oui, mon petit cœur, tu as tenu bon.

Il lui sourit, et pour un peu, elle aurait cru qu'il était fier d'elle. En tout cas, elle était fière d'elle-même ! Elle avait prouvé à ce cow-boy qu'une princesse savait affronter l'adversité.

— Et maintenant ?

Le sourire de Buck se figea.

— Et maintenant quoi ?

Ôtant son chapeau devenu inutile et encombrant, Jo se massa le cou, pour en chasser les tensions qui la faisaient souffrir.

— Je ne veux pas t'attirer d'ennuis, Buck.

— Je suis assez grand pour assumer mes responsabilités, grommela-t-il.

— Ne comprends-tu pas qu'à présent, c'est le FBI qui me recherche ? Je refuse que tu risques la prison à cause de moi.

— Pour aller en prison, il faudrait d'abord être coupable. Qu'ai-je fait de mal ? Non seulement je ne t'ai pas kidnappée, mais c'est plutôt toi qui m'as enlevé !

— Tu ne connais pas Bonifay, mon Premier ministre. Il est capable de tout, il peut se payer les meilleurs avocats du pays. Il faudrait être très riche pour le contrer !

Buck haussa les épaules, dans un geste curieusement désinvolte. Vraiment, il ne mesurait pas la situation !

— J'ai quelques dollars de côté, bougonna-t-il.

— Pas question, Buck. Je ne te laisserai pas gaspiller l'argent que tu as tant de mal à gagner. Le mieux, c'est que tu me déposes dans la prochaine ville. Je trouverai bien une solution pour...

— Pas question ! Je ne te laisserai jamais...

Il se tut et passa la vitesse supérieure.

— Je n'abandonnerai pas une dame en détresse, reprit-il. Tu restes ici, point final.

Soulagée, Jo s'adossa à son siège. Elle n'avait même plus un dollar en poche, savait à peine où elle se trouvait, et malgré son désir de ne pas attirer d'ennuis à Buck, elle était terrorisée à l'idée de se retrouver seule. Le seul en qui elle avait confiance, c'était Buck.

« Je n'abandonnerai pas une dame en détresse. » Ces mots n'avaient rien d'une déclaration enflammée, mais la résolution de Buck mettait du baume au cœur de Jo.

— Depuis quand me considères-tu comme une dame ? releva-t-elle cependant.

Il sourit.

— Tu veux vraiment que je te considère comme une dame ? se moqua-t-il. Pour moi tu es une femme, tout simplement.

S'il savait à quel point il touchait juste !

— De toute façon, reprit Buck, j'ai vite compris que tu n'avais pas peur de travailler dur.

— Ça ne m'a jamais dérangée. Et je préfère bichonner mes chevaux que me pomponner pour assumer mes fonctions officielles.

— Tu passes beaucoup de temps à t'occuper de tes chevaux, hein ? demanda-t-il d'une voix presque tendre.

— C'est une des seules fantaisies que je puisse me permettre sans passer pour folle à lier. Mais dans mon milieu, je dois être la seule à nettoyer moi-même mes écuries ! Quand je ne suis pas avec mes chevaux, tout ce qu'on me demande, c'est de mettre de jolies robes et de jouer à la princesse.

— C'est tout ? Tu n'occupes aucune fonction politique ?

— Je devrais.

— Mais tu restes à l'écart du pouvoir ?

Décidément, Buck possédait le don de poser le doigt sur le point sensible !

— Oui, répondit Jo en ravalant sa fierté, mais je suis responsable de la situation. Même après avoir compris à quel point Bonifay avait fait de mon père sa marionnette, je n'ai jamais eu le courage de revendiquer ma place.

— Mais tu n'aimes pas le pouvoir.

Surprise, Jo se tourna vers Buck.

— Comment le sais-tu ?

— Parce que moi non plus, je n'aime pas le pouvoir. Je trouve que c'est déjà assez difficile de s'occuper de soi-même. C'est pour ça que je vis ainsi.

En dépit de son inquiétude, Jo ne put réprimer un sourire. Une princesse et un cow-boy. Deux univers que tout opposait. Mais Buck la comprenait avec une incroyable acuité. Etait-il possible qu'il ressente pour elle un sentiment plus profond que cette caricature de mariage qu'ils avaient contracté ? Etait-il possible qu'il l'aime autant qu'elle l'aimait ?

Car elle en était sûre, à présent, bien qu'elle ait eu du mal à admettre cette vérité si simple. Elle l'aimait, son beau cow-boy sans le sou ! Tant pis si c'était ridicule ou désespéré. Elle l'aimait. Même si les princesses n'épousent pas les cow-boys. Même si c'était un époux fortuné qu'il lui fallait, au lieu d'un traîne-misère vivant tout juste du rodéo.

Jo étudia le profil de Buck. Il était le premier à lui avoir fait confiance, à ne pas s'être laissé impressionner par son titre princier. Il n'avait pas semblé dégoûté de la voir laver la vaisselle ou nettoyer l'enclos d'Agamemnon. Car c'était elle qu'il voyait, non l'héritière de la couronne de Montclair.

Soudain, Jo prit conscience que Buck était l'homme de sa vie. C'était auprès de lui qu'elle voulait s'éveiller chaque matin, c'était de lui qu'elle voulait des enfants, c'était à son côté qu'elle voulait vieillir.

Même si elle savait que c'était impossible.

Il était pauvre, comme en témoignaient sa chemise de coton à la manche trouée, son jean froissé et ses bottes éraflées.

Son avenir lui apparut soudain plus sombre qu'un ciel d'orage. Très bientôt, elle serait retrouvée, arrachée à lui, et plus jamais elle n'entendrait sa voix grave énoncer « mon petit cœur », ni ne verrait ses yeux bleus limpides se poser sur elle, la chavirant jusqu'au plus profond de son âme...

Retenant ses larmes, elle détourna la tête pour qu'il ne la voie pas. Elle savait depuis toute petite que la vie n'était pas rose, surtout quand on se doit à son pays, mais comme aurait dit Melissa, jamais elle n'avait autant souffert de sa vie dorée.

Buck commençait à se faire du souci. Ils ne roulaient pas depuis une heure qu'il avait déjà dû éviter une patrouille à moto, un sergent de ville, et ce qui ressemblait à s'y méprendre à un barrage routier. Mais il ne pourrait demeurer longtemps à l'abri des recherches lancées à leur poursuite.

A présent, non seulement on savait que la princesse était avec lui, mais on devinait qu'il se dirigeait vers son ranch de Double Star. De fait, tel un renard emportant sa proie vers sa tanière, Buck avait espéré pouvoir se cacher avec Jo dans une cabane qu'il avait construite, autrefois, loin dans les collines. Mais il devait maintenant modifier ses plans.

Il roulait droit vers le nord, sur l'autoroute 49. Quelques miles plus haut, un embranchement donnait naissance à l'autoroute 16. La 49 menant à Double Star, c'était là qu'on attendait Buck. Par conséquent, même si des contrôles étaient effectués sur la 16, la surveillance serait moins stricte. C'était donc la direction qu'il s'apprêtait à prendre.

Mais auparavant, il lui restait quelques détails à régler. Il allait être obligé pour cela d'utiliser son portable, ce qui signifiait que dès qu'il aurait pressé la touche de mise en marche, le FBI l'aurait repéré. Ce qui ne posait aucun problème... tant qu'il était encore sur la 49.

Buck ouvrit la boîte à gants et en sortit son portable qu'il alluma pour vérifier qu'il était chargé. Tout allait bien. Ne restait plus qu'à espérer que Jo ne poserait pas de questions.

— Tiens, tu as un téléphone portable ? Comment se fait-il que je ne l'aie pas vu plus tôt ?

Raté !

— Je ne m'en sers que pour les urgences.

— Oh ! Et qui appelles-tu ?

— Un ami à moi. Nous allons avoir besoin d'aide.

— Ils nous ont retrouvés ? demanda Jo en regardant machinalement dans son rétroviseur.

— Pas encore, mais ils savent où nous allons, répondit Buck en composant le numéro de son contremaître à Double Star.

— Où allons-nous ?

— Vers la côte. Je connais une petite maison par là, où personne ne te retrouvera. Mais il faut changer de direction sans en donner l'impression.

— Comment cela ?

— Tu vas bientôt comprendre.

— Tyler, fit la voix du contremaître de Double Star dès la seconde sonnerie.

— Salut, Cleve !

— Buck, mon garçon ! Qu'est-ce qui te prend de m'appeler ? Tu sais que le FBI est à tes basques ?

— Ils sont déjà là ?

— Ça grouille autour du ranch comme une fourmilière autour d'un pot de miel ! Mais ce n'est pas le pire. Ta mère est ici. Elle fait un foin du tonnerre depuis que tu lui as fait faux bond pour la soirée d'anniversaire de ton père. Deux jours qu'elle me harcèle pour que je lui dise où tu es, elle va me rendre fou ! Dans quel pétrin t'es-tu encore fichu ? Et qui est cette princesse ? Tu ne l'as pas enlevée, quand même ?

— Mon épouse. Et elle est tout à fait consentante.

— Enfer et damnation ! Tu as épousé une princesse, après tout ce que ta mère t'a fait subir ? Tu as perdu la tête !

— J'en ai peur, mon vieux Cleve.

Buck sentit l'hésitation du meilleur ami de son grand-père.

— Dis-moi, fiston... c'est une véritable princesse ?

— Authentique ! affirma Buck en souriant.

— Bon, je suppose que tu sais ce que tu fais. Tu n'appelais pas pour bavarder, j'imagine ? De quoi as-tu besoin ?

— D'un leurre. Seth Capshaw sort toujours avec sa jolie mexicaine ?

— Bonita ? Sûr !

— Parfait. Et il a toujours sa vieille Ford ?

— Ne me demande pas par quel miracle, mais sa guimbarde roule encore.

— Bon, il faut qu'il vienne à ma rencontre, nous allons échanger nos carrosses. Il ramènera le mien au ranch, et je prendrai une autre direction avec le sien.

— Où veux-tu qu'il te retrouve ?

— A Oroville. Tu vois cette aire de stationnement pour poids lourds, à la sortie de la 70 ?

— Ouaip.

— Nous y serons d'ici deux heures. Dis à Seth de faire le plein, et de venir avec sa fiancée. Ils nous attendront dans la salle de repos des routiers. Nous échangerons nos vêtements.

— Je te l'envoie tout de suite. Bonne chance, mon garçon.

— Merci, Cleve.

Buck coupa le contact, puis se tourna vers Jo.

— D'autres questions ?

— Où irons-nous, après avoir changé de véhicule ?

— Vers la côte, comme je te disais. Nous pourrons rester quelques jours au bord de la plage dans une maison que je connais.

Il s'agissait d'une petite villa de vacances appartenant au seul ami que Buck avait gardé du lycée, Howard Moore. Buck savait où étaient cachées les clés, et ce vieil Howard avait mis la maison à sa disposition à l'année.

— Nous n'aurons plus le camping-car ?

— Non, Seth ramènera Aggie au ranch.

— Quel ranch ?

— Celui où travaille Cleve.

— Cette maison au bord de la plage, tu comptes la louer ? Cela va coûter cher.

Buck fit signe que non.

— Elle appartient à un ami à moi. Elle n'a rien de luxueux, mais il me la prête de temps en temps.

— Tout ce qui compte, c'est qu'on ne m'y retrouve pas avant le vingt-huit.

— Le vingt-huit mai ? Que se passe-t-il ce jour-là ?

— C'est le lendemain de mon vingt-cinquième anniversaire.

Buck réfléchit rapidement. Il n'était pas censé connaître l'obscure et moyenâgeuse loi qui obligeait les héritiers du trône de Montclair à se marier avant le jour de leurs vingt-cinq ans.

— Et alors, demanda-t-il en affichant un air surpris, tu te transformes en citrouille ?

Jo éclata de rire, mais le téléphone sonna au même instant. Etouffant un juron, Buck posa la main sur l'appareil mais ne prit pas la ligne. Son intuition lui soufflait que c'était sa mère qui l'appelait, et le mieux dans ce cas était de faire le mort. D'un autre côté, si Cleve tentait de le joindre pour lui faire part d'un obstacle de dernière minute, il fallait le savoir.

— Oui ? répondit-il en décrochant à la quatrième ou cinquième sonnerie.

— Hardin ?

— Maman ?

— Bonté gracieuse, Hardin, où étais-tu donc passé ? Voilà des jours que j'essaie de te joindre, et ton téléphone était soit occupé, soit coupé.

— Je sais. C'était volontaire.

Il coula un regard vers Jo, qui le regardait avec étonnement.

— As-tu parlé aux agents du FBI, mon fils ?

— Non, et je n'en ai pas l'intention.

— Tu as raison. Je n'ai jamais vu personne d'aussi mal élevé que ces gens-là. Ton père et moi avons eu beau leur affirmer que jamais tu n'aurais kidnappé une princesse, ils refusent tout simplement de nous croire.

— Désolé de te donner tous ces soucis, maman. Je vais devoir raccrocher.

Ils n'étaient plus qu'à quelques miles de l'embranchement où ils devaient quitter la 49.

— Dis-moi, Hardin, est-ce vrai ?
— Oui et non, répondit-il après une courte hésitation.
— Pardon ?
— Nous sommes mariés, mais ça ne devrait pas durer.
— Et pourquoi pas ? Ne me dis pas que tu te promènes toujours avec tes vieux jeans et tes chemises de traîne-savate !
— Si.
Madame Buchanan mère manqua de s'étrangler.
— Avec une princesse ? Pas étonnant qu'elle veuille divorcer ! Tu ne l'as pas enlevée, au moins ?
— Mais non, elle était tout à fait d'accord. Ecoute, c'est assez compliqué et je dois raccrocher. Rends-moi un service, veux-tu ?
— Oui ?
— Mets en marche l'enregistreur du répondeur. Je vais te passer Jo... je veux dire, la princesse Joséphine. Elle pourra expliquer elle-même au FBI qu'elle est avec moi de sa pleine volonté, et qu'elle demande qu'on nous laisse tranquilles. C'est bon, tu l'as allumé ?
— Ça enregistre, Hardin. Je vais vraiment lui parler ?
— Mais oui, je te la passe.
Buck tendit l'appareil à sa compagne.
— Tu veux bien faire ça ? Ça peut nous aider.
Elle tordit sa jolie bouche en une adorable moue. Dieu qu'elle était désirable !
— J'en doute, répondit-elle en prenant le téléphone. Bonifay ne me lâchera pas aussi aisément, mais nous devons tout essayer. Madame Buchanan ? reprit-elle. Joséphine de Montclair, à l'appareil. Comme Buck vous l'a expliqué, nous sommes effectivement mariés... Oui, à Reno, vendredi dernier.
— Ce n'est pas le moment de bavarder, bougonna Buck. Il va falloir raccrocher bientôt. Viens-en au fait !
— Madame Buchanan, reprit Jo, je voulais vous dire que Buck, je veux dire, Hardin, ne m'a absolument pas

obligée à ce mariage. C'est notre lune de miel, et nous ne souhaitons être dérangés sous aucun prétexte. Dites à ceux qui nous recherchent que je vais très bien, et que je n'ai jamais été aussi heureuse. Je ne demande qu'à être seule avec mon mari.

— Bon, grommela Buck, tu peux raccrocher, maintenant.

— Le bal de Noël ? Certainement, madame Buchanan. Mon amie Melissa Porter m'en a d'ailleurs parlé.

Jo leva les yeux vers Buck, qui lui fit signe de raccrocher d'un geste véhément.

— Y assister cette année ? Eh bien... pourquoi pas ? Mais je crois que nous devrons en discuter un peu plus tard. Je vais devoir raccrocher... Tout à fait, merci encore, madame, et au revoir.

Dans un mouvement gracieux, elle rendit l'appareil à Buck.

— Alors, c'est ta mère..., murmura-t-elle, songeuse. Je ne l'imaginais pas du tout ainsi.

— C'est-à-dire ?

— Distinguée, très femme du monde.

— Parle-moi un peu de ton pays, suggéra Buck, impatient de changer de sujet.

Un petit sourire triste éclaira le beau visage de Jo. En cet instant, Buck aurait tout donné pour la prendre dans ses bras et la consoler, quels que fussent ses chagrins.

— Montclair est au bord de la ruine, et Bonifay n'a rien fait pour redresser la situation. Il était trop occupé par son enrichissement personnel ! Nous avons un besoin vital de capitaux pour moderniser l'ensemble des infrastructures, mais aucune banque ne veut se risquer à investir chez nous.

Incapable de se retenir, Buck demanda à Jo quelques chiffres pour dresser un tableau de l'économie du petit pays : démographie, principales importations et exportations... Il apparut à travers les réponses de Jo que la principauté possédait deux richesses principales, ses carrières de marbre et son énorme potentiel touristique.

Tout en conduisant, Buck réfléchit. Il devait certainement être possible de trouver un juste milieu entre une exploitation outrancière et l'absence actuelle de mise en valeur, et d'ailleurs, son expérience des petites sociétés qu'il avait renflouées, ainsi que les capitaux dont il disposait, devraient lui permettre d'apporter à Montclair les... Mais que lui prenait-il ?

Buck grommela intérieurement. Il n'avait pas la moindre intention de s'impliquer dans la vie de Jo ! Il tenait à sa liberté par-dessus tout, et le titre de prince consort ne le tentait aucunement. Celui de cow-boy lui suffisait largement.

9.

— Jo ? Réveille-toi, mon cœur. Nous sommes arrivés.

Blottie contre l'épaule de Buck, Jo ouvrit les paupières.

— Quelle heure est-il ? demanda-t-elle en s'écartant de la tiédeur de son abri.

— Minuit bien tassé.

Soudain, Jo éprouva l'étrange sensation d'être de retour chez elle. Elle entendait l'écho des vagues qui s'écrasaient sur une grève, non loin d'elle, tandis qu'un revigorant parfum d'iode pénétrait par la vitre entrouverte de la Chevrolet. Dans l'obscurité de cette nuit sans lune, les contours d'une maison basse se découpaient sur le ciel pur, piqueté d'étoiles.

Jo s'étira pour chasser les tensions du long voyage qu'ils venaient d'effectuer. Peu après la tombée de la nuit, ils avaient retrouvé Seth Capshaw et sa fiancée mexicaine, avec qui ils avaient échangé vêtements et véhicules sans incident. Buck avait recommandé à Jo de ne pas trop bavarder avec Bonita, mais cette dernière s'était contentée de couver Jo d'un regard d'adoration. Celle-ci avait beau y être habituée, les marques d'adulation dont elle faisait l'objet la gênaient affreusement. Son seul titre de gloire était sa couronne, et il lui avait suffi de se donner la peine de naître pour la recevoir.

Ce soir, elle avait ressenti avec plus d'acuité encore le décalage entre son personnage public et la véritable Jo.

La semaine passée auprès de Buck, loin des réalités du monde, l'avait encore plus éloignée des fards de son existence officielle, les rendant plus insupportables encore, si c'était possible.

— Où sommes-nous ?

— Sur la côte, à des miles de la première ville, répondit Buck en lui tendant la main pour l'aider à descendre.

Jo hésita. Ce n'était pas le geste en lui-même qui la surprenait — combien de fois l'avait-on aidée à descendre d'une limousine, en lui tendant la main ? — mais le fait qu'il vienne de Buck. Jamais son compagnon ne s'était montré aussi prévenant.

— Qu'y a-t-il ? demanda-t-il. La maison ne convient pas à ton standing ?

Les soupçons de Jo se confirmaient ! Comme elle l'avait craint, à présent que Buck n'avait plus à feindre, il allait la traiter comme une princesse. Avec distance, voire un brin de méfiance.

— Je ne l'ai pas encore vue, répondit-elle plus sèchement qu'elle ne l'aurait voulu. Mais si un camping-car me suffit, je ne vois pas en quoi une maison poserait un problème.

Buck sembla se détendre légèrement.

— Excuse-moi, répondit-il, je suis épuisé. J'ai besoin de quelques heures de sommeil.

Une fois qu'elle fut descendue, Jo sentit Buck l'enlacer de ses larges mains. Elle frissonna en se pelotonnant contre lui.

— Tu ne vas pas me traiter comme une princesse, dis ?

— Tu voudrais que je le fasse ? murmura-t-il, les lèvres dans ses cheveux.

— Non !

— Tant mieux. Ça m'ennuierait de renoncer à mon cordon-bleu préféré.

Elle lui caressa doucement les épaules. Sous la chemise de coton de Buck, elle sentait sa puissante musculature, et une sensation de bien-être et de sécurité l'envahit.

— Après tout ce que tu as fait pour moi, le moins que je puisse faire, c'est de t'aider. Et j'adore travailler auprès de toi.

— Je sais.

Il appuya doucement son front contre celui de Jo.

— Je pense que tu es cinglée, mais j'aime que tu sois comme ça.

Jo ferma les yeux pour mieux goûter les paroles de Buck. Lovée contre l'homme qu'elle aimait, elle s'abandonna au bonheur qui lentement se diffusait en elle. Pour la première fois de sa vie, elle se sentait protégée, et aimée.

— Viens, mon cœur, dit-il en lui prenant la main pour l'entraîner vers la maison, allons chercher la clé.

Soucieux, Buck éteignit la télévision. La princesse Joséphine était de plus en plus activement recherchée. Les actualités du matin diffusaient en boucle les paroles de Jo enregistrées sur le répondeur de Double Star, suivies d'analyses d'experts soupesant chaque syllabe, étudiant chaque inflexion. Les supputations allaient bon train : la princesse de Montclair était-elle retenue contre son gré, ou avait-elle épousé de son plein gré le richissime Hardin Buchanan ?

Par chance, Jo avait refusé d'écouter les nouvelles avec lui. Elle ne savait donc pas non plus que son père, le prince Henri, offrait un million de dollars à qui lui rendrait sa fille saine et sauve. Désormais, si le FBI ne leur mettait pas la main dessus, un chasseur de primes s'en chargerait. Ce n'était plus qu'une question de jours. D'heures, qui sait ?

Buck se leva pour faire les cent pas dans le salon. Dès qu'ils lui auraient repris Jo, un vide immense s'installerait dans sa propre existence. Ce n'était pas la princesse qui le quitterait, mais la femme de sa vie. Songeur, il ouvrit les portes-fenêtres qui donnaient sur l'océan. Jo se tenait à une centaine de mètres devant lui, juste au bord de la falaise.

Une insupportable frustration s'était emparée de Buck. Au fil des jours — et des nuits — il avait découvert qui elle était vraiment. Non pas une petite fille capricieuse, mais une femme, belle et sensuelle, forte et fragile à la fois, infiniment désirable. Celle qu'il attendait depuis toujours.

Il lui suffisait d'un geste pour l'épouser vraiment, un geste qu'il brûlait d'effectuer, depuis le soir où il l'avait rencontrée. Pour qu'enfin elle soit à lui, jusqu'à la fin des temps.

Ce qui le retenait n'était-il pas tout simplement la crainte égoïste de bousculer l'agréable routine de son existence ? Il sourit amèrement. Jo n'était pas seulement la femme qu'il aimait, mais également une princesse qui se devait à son pays, ce qui le refroidissait dans son enthousiasme.

D'un autre côté, il devait reconnaître que l'homme d'affaires en lui était diablement excité par les perspectives nouvelles que Montclair lui offrait. S'il avait entendu parler de cette opportunité avant de connaître Jo, il aurait littéralement bondi sur l'occasion. Redresser les finances d'un pays ! N'était-ce pas un défi plus passionnant que d'investir dans une petite société sans réelle envergure ?

Mais à présent, trop de liens l'attachaient à Jo. S'investir dans les affaires de Montclair, c'était s'attacher à sa princesse, irrévocablement. C'était sauter à pieds joints dans une existence dont il avait toujours juré de se tenir à l'écart.

Oui, mais alors, la femme qu'il aimait serait à ses côtés.

La femme qu'il aimait ne comptait-elle pas plus que la vie qu'il aimait ?

Sans qu'il en ait conscience, ses pas l'avaient rapproché d'elle. Elle se tenait debout contre le vent, ses longs cheveux agités par la brise marine. Lorsqu'il ne fut plus qu'à quelques mètres d'elle, elle se retourna.

L'expression que Buck lut sur son beau visage le bouleversa. Toute sa vie, il avait attendu qu'une femme le regarde comme elle était en train de le faire. Ses grands yeux ambrés étaient comme illuminés de l'intérieur, et emplis — était-ce possible ? — d'amour.

Pour Buck, ce fut soudain comme si son cœur battait pour la première fois.

— Buck ? l'entendit-il alors l'appeler tout doucement. Tu m'entends ?

— Oui.

— Alors réponds-moi, quelles sont les nouvelles ?

— Oh ! Eh bien... à peu près ce que je pensais. Ils ont diffusé ton message en analysant chaque syllabe, ils ont interviewé mes parents, le type qui nous a mariés, ainsi qu'une certaine Melissa Denton. Une amie à toi ?

Elle acquiesça en souriant.

— Et ton père m'adresse une vibrante supplication pour que je ne te fasse pas de mal.

Le sourire de Jo s'évanouit.

— Mon père ? Une vibrante supplication ?

— Il veut que tu lui reviennes, il te pardonne tout, le discours habituel...

— Et Bonifay, que dit-il ?

— Rien.

— Comment cela, rien ?

— Pas un mot. Son nom n'a même pas été mentionné.

— C'est curieux..., murmura Jo, comme pour elle-même.

— Allons, viens, allons marcher sur la plage.

Il lui prit la main pour l'entraîner vers l'étroit sentier, une succession de marches taillées dans le roc, qui descendait la falaise.

Durant plus d'une heure, ils arpentèrent la grève, pieds nus sur le sable mouillé, puis ils s'assirent au pied d'un immense rocher chauffé par le soleil.

— Dans combien de temps crois-tu qu'ils retrouveront notre piste ? demanda Jo.

— Nous sommes assez isolés ici, et personne ne nous a vus arriver. Mais on ne tardera pas à faire le lien entre Howie et moi.

— Qui est Howie ?

— Howard Moore, le gars qui possède la maison.

— C'est aussi un cow-boy ?

— Non.

Buck hésita. Plus les jours passaient, plus le mensonge lui était insupportable.

— Il est avocat, reprit-il.

Devant la surprise de Jo, il ajouta :

— C'est un ami de lycée.

Apparemment satisfaite de cette explication, Jo demeura silencieuse un long moment, absorbée dans ses pensées.

— Buck ? demanda-t-elle doucement.

— Oui ?

— Avant qu'ils ne me retrouvent, est-ce que tu me feras l'amour ?

Au moins, c'était direct ! Il lui fallut un long moment pour répondre, le souffle bref :

— Non.

— Pourquoi ? Je ne te plais pas ?

— J'ai envie de toi comme jamais de ma vie je n'ai désiré une femme, Jo. Mais la réponse est non.

— Parce que je suis...

— ... vierge, oui.

— Buck, je t'en prie ! Si notre mariage n'a pas été consommé quand ils me retrouveront, ils l'annuleront, purement et simplement. Je n'échapperai plus au mariage que mon père a prévu pour moi. Tu ne connais pas Alphonse Piquet, il est épouvantable !

Tout d'un coup, la vision de Piquet posant ses sales pattes sur Jo s'imposa devant les yeux de Buck. Cette image lui était intolérable.

— Mais ce n'est pas tout, reprit-elle d'une voix presque inaudible. C'est toi que je veux. Pour ma première fois, c'est toi que je veux.

— Je suis désolé, Jo, s'entendit-il prononcer.

Où trouvait-il la force de refuser ce qu'il désirait le plus au monde, et qu'elle le suppliait de prendre ?

— Je ne suis qu'un simple cow-boy. Pas un gars pour toi.

— Il me semble que c'est à moi d'en décider, non ?

— On ne divorce pas, dans ton milieu, Jo. Et je ne survivrais pas dans ton monde. J'en viendrais à te haïr.

Elle ne répondit pas. Lorsque Buck se risqua à lever les yeux sur elle, de longues minutes plus tard, elle avait le visage tourné vers l'horizon, et les yeux baignés de larmes.

Des larmes qui coulaient à cause de lui.

— Jo, commença-t-il, je...

— N'en parlons plus.

Elle se leva brusquement. Broyant une poignée de sable entre ses doigts, Buck lutta contre la tentation de rattraper Jo. Il aurait tout donné pour avoir le droit de la prendre dans ses bras, de l'embrasser à perdre haleine, et de l'étendre dans le sable, mais il n'en était pas question. Leur union serait forcément un désastre. Il serait malheureux dans son univers, et il la rendrait malheureuse en retour.

Puis il laissa le sable filer entre ses doigts. Comme s'il n'était pas déjà malheureux, et Jo non plus ! Quelle dérision... Lui qui avait cru épouser une fille très simple, voire un brin vulgaire, à la seule fin de décourager ses parents, il avait au contraire réalisé leur rêve le plus fou : l'alliance avec une aristocrate, qui plus est une princesse.

Mais n'était-ce pas ridicule de faire dépendre son bonheur de ce qui pouvait ou non provoquer la colère de ses parents ? N'avait-il pas passé l'âge de ce genre d'enfantillage ? A cet instant, Buck comprit qu'il n'avait rien fait d'autre de sa vie. Chercher ce qui pourrait contrarier ses parents. Le résultat, c'était qu'il n'appartenait vraiment à aucun univers, ni à celui de la haute finance, ni à celui du rodéo.

Jo, elle, l'acceptait tel qu'il était, cow-boy et investisseur. Elle l'aimait pour lui-même, et non pour ce qu'il représentait, et elle en était capable parce qu'elle aussi vivait deux vies bien distinctes, l'une très haut dans la hiérarchie sociale, l'autre sauvage, presque rebelle. Exactement comme lui.

Renoncer à elle, c'était se priver de sa seule chance d'être aimé tel qu'il était, de réconcilier les deux aspects de lui-même qu'il n'avait jamais su faire cohabiter véritablement. La laisser partir, c'était perdre son seul espoir de connaître le bonheur, même si pour cela il devait accepter de partager cette vie princière qui l'effrayait tant.

Mais à son côté, tout ne lui semblerait-il pas plus facile ? N'était-ce pas main dans la main qu'ils parviendraient chacun à trouver la force de vivre la vie qui leur était imposée, tout en restant fidèles à leur véritable personnalité ?

Buck laissa son regard remonter les empreintes de pas dans le sable — leurs empreintes, côte à côte — jusqu'à ce que son regard se perde à l'horizon. Oui, tant que Jo serait près de lui, il serait heureux. S'il le fallait, il sourirait et agiterait la main aux foules, tout comme Jo l'avait fait toute sa vie. Elle lui apprendrait.

Empli d'une résolution nouvelle, il se leva pour se diriger vers la maison. Vers Jo, qu'il allait enfin faire sienne, et qu'il n'avait pas l'intention de laisser sortir du lit jusqu'à ce que leurs poursuivants viennent frapper à leur porte !

⁂

Arrivée en haut de l'interminable petit escalier qui escaladait la falaise, Jo avait réussi à sécher ses larmes. Ce n'était pas en pleurant qu'elle résoudrait ses problèmes, et à la réflexion, il y avait même plutôt de quoi rire. Elle qui n'avait jamais supporté d'être aimée pour la simple raison qu'elle était princesse, voilà qu'elle devait accepter qu'un homme ne l'aime pas, précisément parce qu'elle était princesse.

Buck était-il à blâmer? Elle aussi aurait fui son existence princière, si elle avait eu le choix. Mais, contrairement à lui, elle était née princesse, et le resterait toute sa vie. Sa seule consolation aurait été les quelques jours de bonheur que Buck lui aurait offerts, avant qu'on ne les retrouve tous deux. Même s'il refusait jusqu'à la dernière minute de lui donner la seule chose qu'elle lui demandait.

L'après-midi était déjà bien entamé lorsque Jo rentra. Le seul agrément de la petite maison étant une grande baignoire, elle décida de s'octroyer le luxe d'un bon bain parfumé. Peut-être cela l'aiderait-il à chasser les tensions qui l'agitaient, et à envisager l'avenir sous un jour moins maussade.

Après s'être dévêtue, elle actionna le mitigeur pour régler l'eau à la bonne température, puis rassembla ses boucles brunes en un chignon sommaire. Toutes les larmes qu'elle avait versées avaient sans doute calmé le flux bouillonnant de ses pensées, car c'est l'esprit presque serein qu'elle s'assit sur le rebord de la baignoire.

Elle regardait l'eau monter lentement, tandis qu'une épaisse mousse blanche et parfumée se formait à la surface, lorsqu'un mouvement dans le miroir en face d'elle lui fit lever les yeux... Elle sursauta.

Buck se tenait dans l'encadrement de la porte, qu'il emplissait presque entièrement. Silencieux, il détaillait avec intensité les courbes de son corps. Jo ne tenta pas de cacher sa nudité. Il était trop tard, et cette façon qu'avait

Buck de la caresser du regard était l'expérience la plus troublante qu'elle eût connue.

— Jo, murmura-t-il d'une voix rauque.

— Buck? Qu'est-ce que...?

— Que tu es belle! dit-il dans un souffle.

— Mais... que veux-tu?

— Toi, répondit-il simplement.

— Je croyais que... Tu avais dit que..., balbutia-t-elle.

— Au diable ce que j'ai dit! Tu es ma femme, non?

D'un pas, il franchit la distance qui les séparait, mais Jo, pétrifiée, ne se retourna pas vers lui. Elle sentit qu'il posait les mains sur ses épaules, puis qu'il déposait un baiser très tendre au creux de son cou. Fermant les yeux, elle frissonna.

— Buck?

— Oui.

— Moi aussi, je te veux.

— Je sais, ma douce. Je sais.

Lorsqu'elle rouvrit les paupières, la femme dont elle croisa le reflet dans le grand miroir de la salle de bains n'était plus la petite princesse effarouchée que Jo avait toujours été. A présent, c'était une femme, belle et sensuelle, prête à se donner à l'homme qu'elle aimait.

Celle qu'elle avait toujours rêvé de devenir, celle que seul Buck avait su révéler en elle.

— Je t'aime, dit-elle, émerveillée.

Elle sentit Buck se figer.

— Jo?

— Hmm?

— Coupe l'eau.

Une fois qu'elle eut rabattu le mitigeur, Buck se leva et la prit dans ses bras. Instinctivement, elle referma les bras autour de son cou.

— Où m'emmènes-tu?

— Au lit. Il est temps que tu deviennes officiellement madame Buchanan.

10.

Buck s'éveilla, serein, envahi d'une totale satisfaction. A son côté, Jo était pelotonnée contre lui, sa peau de velours tout contre la sienne, ses longues mèches brunes éparpillées sur lui. Elle sentait l'amour et l'air salé — le parfum le plus envoûtant qui soit. Immédiatement, le souvenir des heures passées lui revint, et il sourit.

Leur nuit de noces, enfin ! Sa jolie princesse s'était révélée une délicieuse amante, à la fois candide et provocante, et bien plus audacieuse qu'il ne l'avait imaginé.

La seule évocation de leur nuit d'amour suffisant à éveiller de nouveau ses ardeurs, Buck s'écarta d'elle, refusant de s'unir de nouveau à elle avant de lui avoir révélé qui il était. Il était temps qu'elle sache quel homme elle avait épousé, et qu'elle comprenne qu'il n'avait plus l'intention de la laisser partir.

Impatient de la rassurer, il se pencha sur elle et laissa sa main effectuer le tendre parcours de ses hanches rondes jusqu'à son ventre plat. Une idée jaillit soudain dans son esprit, une possibilité qui ne l'avait pas effleuré jusqu'alors. Cette nuit, il n'avait utilisé aucune protection. Etait-il possible qu'une nouvelle vie naisse de leur union ?

Un enfant ! Une vague d'espoir et de fierté lui gonfla le cœur, en une vanité bien masculine, mais qui l'emplissait néanmoins d'un bonheur inouï. Tout d'un coup, il se prenait à espérer. Un enfant de lui, que Jo porterait et mettrait au monde... Pouvait-il rien imaginer de plus bouleversant ?

Buck ferma les yeux pour mieux savourer sa béatitude. Oui, il voulait un enfant d'elle, et même plusieurs. Désormais, sa priorité serait de fonder une famille, mais d'abord, il devait lui apprendre la vérité.

— Jo, ma chérie ? murmura-t-il à son oreille.

Elle se retourna dans son sommeil, se lova contre lui, puis sembla revenir à la réalité. Lorsqu'elle ouvrit ses grands yeux ambrés, ce fut pour Buck comme si le soleil venait de se lever. Un sourire radieux éclaira le beau visage de Jo.

— Bonjour, dit-elle paresseusement.

Elle s'étira, avec des gestes félins. Etait-il possible d'être aussi adorablement élégante, même nue dans un lit aux draps défaits ?

— Quelle heure est-il ? reprit-elle.

— Un peu plus de 9 heures. Du soir.

Elle sourit et passa un doigt le long de la joue mal rasée de Buck.

— Qu'est-on censé dire, après une telle... expérience ? L'étiquette ne mentionne rien sur ce point.

Buck éclata de rire.

— Comment, on ne t'a pas inculqué les bonnes manières au lit, dans ton pensionnat anglais ? C'est tout à fait regrettable. J'espère que notre fille sera mieux éduquée que cela.

Le sourire de Jo se figea.

— Buck, je...

— C'est : « Je t'aime. »

— Pardon ?

— Puisque tu m'as posé la question, je te réponds que les paroles appropriées à la circonstance sont : « Je t'aime. »

Elle se détendit.

— Cela, tu le sais déjà.
— Vraiment ? demanda Buck.
Elle hocha la tête, mais une expression soucieuse s'était peinte sur ses traits.
— Alors, dis-le, insista Buck.
— Je ne dois pas t'aimer. Je ne dois pas m'attacher à toi.
Buck lui posa la main sur la joue pour écarter une mèche qui lui barrait le visage.
— Dis-le quand même.
— Je t'aime, chuchota-t-elle enfin.
— Et moi auss...
Un sourd craquement parvint à cet instant de la salle de séjour, suivi d'un piétinement sonore. Avant que Buck ait eu le temps de se lever, quatre hommes vêtus de noir, armés jusqu'aux dents, avaient fait irruption dans la chambre.
— Mon Dieu ! gémit Jo en se serrant contre Buck.
— Ne t'inquiète pas, marmonna-t-il. C'est après moi qu'ils en ont.
Aussitôt, comme pour confirmer ses paroles, deux des hommes s'avancèrent vers Buck et le tirèrent hors du lit.
— Du calme, les gars ! grommela-t-il en les repoussant. Je suis assez grand pour me lever tout seul.
Au lieu de répondre, l'un d'entre eux lui saisit les bras, tandis que son complice menottait Buck solidement.
— Qui êtes-vous ? demanda-t-il d'une voix forte.
— Des amis qui te veulent du bien, ricana un des agresseurs. On t'amène au FBI.
— Des chasseurs de primes ! cracha Buck avec dégoût. Bande de vautours !
L'autre se contenta d'un rire mauvais.
— Comment nous avez-vous trouvé ? reprit Buck, furieux.
— Grâce aux flics, expliqua avec une satisfaction manifeste celui qui paraissait être le chef. On leur laisse

le boulot difficile, et on les double sur la dernière ligne. C'est assez payant, comme tu vois.

— Vous savez qui je suis, alors ?

L'homme cligna des yeux.

— Tu ressembles assez aux photos de Hardin Buchanan.

— Le prince offre un millions de dollars pour qu'on lui ramène sa fille, c'est bien ça ?

L'autre hocha la tête.

— Je vous en donne deux pour oublier que vous nous avez trouvés.

Son interlocuteur lui coula un regard en biais, décontenancé. Manifestement, il soupesait l'intérêt de cette proposition. Mais son visage se referma.

— Emmenez-le, ordonna-t-il finalement à ses complices.

— Vous laissez passer une occasion de doubler votre mise ? insista Buck.

— Un tient vaut mieux que deux tu l'auras, mon pote ! Allez les gars, on y va, assez perdu de temps. Les flics seront là d'un instant à l'autre.

Quelques secondes plus tard, Buck était emmené de force hors de la maison. Visiblement choquée, Jo n'avait pas prononcé un mot.

— Puis-je entrer, Votre Altesse ?

Jo se détourna de l'immense baie vitrée derrière laquelle elle assistait au lever du jour sur Sacramento. Buck était retenu prisonnier quelque part dans cette ville, questionné par le FBI, peut-être malmené, et elle ne pouvait strictement rien pour lui venir en aide.

La femme qui venait de parler se tenait sur le seuil de la chambre de Jo, dans la suite impériale de l'hôtel le plus luxueux de la ville. Jo s'aperçut seulement à cet instant que la nouvelle arrivante, qui devait avoir entre trente-cinq et quarante ans, s'était exprimée en français.

— Qui êtes-vous ? demanda-t-elle dans la même langue.

— Mon nom est Sophie Angousset, Votre Altesse, répondit celle-ci en s'approchant de Jo. C'est votre père qui m'a demandé de m'assurer que votre retour à la maison se déroulerait au mieux. Je suis désolée d'avoir été absente lorsqu'on vous a amenée ici, j'étais en train de procéder aux derniers préparatifs.

— Je ne quitterai pas le sol américain tant que je n'aurai pas vu mon mari. Et n'essayez pas de me raconter des histoires, dites franchement que c'est Bonifay qui vous envoie.

Sophie Angousset sourit. Plus menue que Jo, elle avait un visage agréable, de grands yeux verts, et des cheveux auburn coiffés en un chignon élégant. En dépit de toute sa méfiance, Jo ne pouvait réprimer un sentiment de sympathie envers elle.

— Non, c'est sur la demande du prince Henri que je suis ici. Beaucoup de choses ont changé depuis votre départ.

— Je n'en suis pas si sûre. Vous remplacez Mme de Savoie, mais vous êtes le même genre de dragon.

— Pas tout à fait. Je suis née à Montclair, et j'ai épousé un Français. Je suis veuve depuis plusieurs années, et je retourne régulièrement à Montclair voir ma famille. C'est au cours de l'une de mes visites que j'ai fait la connaissance de votre père. Il se fait beaucoup de souci pour vous.

Jo ne put retenir un rire amer.

— Mon père ? Depuis que ma mère est morte, il ne se souvient même plus que le reste du monde existe !

— Lorsqu'il a appris votre disparition, il a cru vous avoir perdue pour toujours. Il a repris en main un certain nombre de choses. En particulier, il a démis le Premier ministre de ses fonctions. C'est lui qui s'est mis en rapport avec les autorités américaines pour vous faire rechercher.

Profondément surprise par ce qu'elle entendait, Jo s'assit dans un fauteuil.

— Vous voulez dire que c'est ma disparition qui l'a fait sortir de sa léthargie ?

— Exactement.

— Il est ici, aux Etats-Unis ?

Sophie Angousset secoua la tête.

— Il a dû rester à Montclair, de crainte que Bonifay ne fasse une tentative de retour en son absence.

— Si j'avais su, j'aurais fugué bien plus tôt ! s'exclama Jo malgré elle.

— Je sais que la nuit a été mouvementée, Votre Altesse, et que vous avez besoin de vous reposer, mais je vous suggère de téléphoner à votre père. Quelques paroles le rassureraient.

Parler à son père ? Voilà des années qu'elle en avait envie. Mais l'homme qu'elle avait eu en face d'elle toute sa vie avait été un étranger, non un père. Allait-elle trouver le ton juste avec lui ?

Plus émue qu'elle ne l'aurait imaginé, Jo fit cependant signe qu'elle acceptait. Le cœur battant, elle vit Sophie Angousset décrocher le téléphone posé sur une table basse et demander un numéro à l'opératrice de l'hôtel. Il y eut quelques secondes de silence, puis le visage de Sophie Angousset s'éclaira tandis qu'elle s'entretenait à voix basse avec le prince Henri.

Stupéfaite, Jo crut distinguer les mots « mon chéri ». Avait-elle rêvé ? Il n'était pas pensable que son père entretienne une liaison avec cette femme ! Comment pouvait-il avoir oublié son épouse aussi rapidement ?

Puis Jo s'avisa qu'un deuil de plus de vingt ans n'était pas particulièrement rapide. Et si Sophie Angousset avait su lui faire oublier son chagrin, Jo avait plutôt des raisons de lui être reconnaissante. Une femme qui éprouvait pour le prince ce que Jo éprouvait pour Buck ne pouvait pas être un dragon !

— Votre père est impatient de vous parler !

Jo s'approcha pour prendre le combiné.

— Allô, papa ?

— Mon petit chat !

De surprise, Jo faillit laisser tomber l'appareil. Depuis combien d'années son père ne l'avait-il plus appelée ainsi ?

— Est-ce que tu vas bien ? demanda-t-il d'une voix inquiète ?

— Oui, je vais très bien, papa. Je n'avais pas besoin qu'on vienne me chercher.

— Pourquoi n'as-tu pas répondu à mes appels ?

— Je n'écoutais pas les nouvelles.

Elle l'entendit soupirer au bout de la ligne.

— Peu importe, dit-il. L'important, c'est que je t'ai retrouvée. Tu sais... j'ai bien conscience que je n'ai pas toujours été un bon père.

— N'en parlons plus, papa.

— Si, nous devons en parler. Je t'ai négligée, et j'ai négligé mon pays, mais tout va changer. J'ai déposé Bonifay quelques heures après avoir appris que tu avais disparu, et j'ai repris ma place à Montclair.

Jo n'essaya pas de retenir les larmes qui perlaient à ses yeux.

— J'ai tellement attendu cet instant, murmura-t-elle.

— Moi aussi, mon petit chat, moi aussi.

Il y eut un silence, puis il reprit :

— Sophie me dit que ton vol est prévu pour cet après-midi. Tu seras à la maison dès demain.

— Non, papa. Je ne pars pas tant que je n'ai pas vu mon mari. Je veux lui dire au revoir.

— Allons, ma fille, tu dois pouvoir te passer de lui un jour ou deux, non ?

— Pardon ?

— M. Buchanan nous rejoindra d'ici quelques jours. Il va falloir que je m'habitue à l'appeler Hardin, puisqu'il est mon gendre.

— Peux-tu m'expliquer pourquoi...

— Un instant, Joséphine, je crois qu'on m'appelle sur une autre ligne.

Jo entendit son père échanger quelques mots avec quelqu'un d'autre, puis lui parler de nouveau.

— Je vais te demander de m'excuser, c'est le président des Etats-Unis qui me demande, je ne veux pas le faire attendre. A très bientôt !

Avant que Jo n'ait réagi, son père avait déjà raccroché. Mais les paroles qu'il avait prononcées continuaient de danser dans son esprit. « Il va falloir que je m'habitue à l'appeler Hardin. » Alors, on n'allait pas l'obliger à divorcer de Buck ? Son père n'avait pas dit un mot du mariage que Bonifay avait arrangé pour elle. Que se passait-il ? Avait-on trouvé de l'or dans le sol de Montclair ?

— Votre Altesse ?

Ramenée à la réalité par la voix de Sophie Angousset, Jo s'aperçut qu'elle avait toujours le combiné à la main.

— Dites-moi, demanda Jo en le reposant sur son socle. Quels sont les projets de mon père en ce qui me concerne ?

— Vous parlez du mariage ?

— Quel mariage ?

— Le vôtre, bien entendu. Voilà des jours que le prince s'occupe d'organiser la cérémonie.

Impatiente, Jo secoua le bras de son interlocutrice.

— Avec qui dois-je me marier ?

— Mais, avec M. Buchanan !

Sophie Angousset sourit malicieusement.

— Vous ne pouvez priver vos sujets des fastes d'un mariage princier ! Vous savez à quel point votre père tient à respecter les formes, il veut montrer au monde entier que Montclair possède les moyens de marier l'héritière du trône en grande pompe.

— Mais... nous n'avons pas le premier centime pour payer de telles dépenses !

— Nous les aurons.
— Comment ?
— Par votre mari, quelle question !
Interloquée, Jo dévisagea Sophie. Cette conversation n'avait aucun sens.
— Buck n'a pas un sou vaillant !
— Vous avez bien épousé Hardin Winford Buchanan, n'est-ce pas ?
— Oui, répondit Jo, c'était bien le nom qu'il y avait sur le certificat de mariage.
— Alors, tout va pour le mieux.
— Allez-vous enfin m'expliquer ce qui se passe ! s'écria Jo, à bout de patience.
Sophie Angousset posa les mains sur les épaules de Jo et l'obligea doucement à prendre place dans le fauteuil le plus proche.
— Dans quatre jours, le jour de vos vingt-cinq ans, vous allez répéter vos vœux de façon officielle, dans la cathédrale Sainte-Béatrix de Montclair.
— Mais, n'étais-je pas supposée épouser quelqu'un de riche ?
Sophie ouvrit des yeux ronds de surprise.
— C'est déjà fait. M. Buchanan est un des hommes les plus fortunés des Etat-Unis.
— Buck a de l'argent ?
— Enormément. Vous devriez entendre les projets qu'ils forment pour Montclair, votre père et lui !
— Ah..., murmura Jo, l'esprit soudain vide.
— Bien, votre avion décolle dans trois heures. Voulez-vous prendre un peu de repos ?
Après les incroyables nouvelles qu'elle venait d'apprendre, Jo savait qu'elle serait incapable de trouver le sommeil. Il lui fallait du temps pour rassembler les pièces du puzzle.
— Non, je préférerais lire, dit-elle simplement. Soyez assez aimable pour me faire monter tous les journaux qui évoquent mon mariage.

⁂

Jo laissa retomber sur ses genoux le magazine qu'elle tenait entre les mains. Appuyant sa tête contre le confortable siège du jet privé qui la ramenait en Europe, elle laissa ses pensées dériver. Etait-ce le manque de sommeil, ou le choc consécutif aux révélations de la matinée ? Il lui semblait évoluer dans un rêve.

L'homme qu'elle aimait n'était pas le simple cow-boy qu'elle avait cru, mais Hardin Winford Buchanan II, héritier d'une fortune qui se comptait en millions de dollars, et lui-même à la tête d'un véritable empire financier.

Après des études dans l'une des écoles les plus cotées des U.S.A., il s'était lancé dans les affaires et avait transformé le petit héritage laissé par son grand-père en une fortune si colossale qu'à côté de lui, ses propres parents faisaient figure de gens modestes.

Le seul point sur lequel il était effectivement un cow-boy était le fait qu'il possédait le vaste ranch de Double Star, où il entraînait les chevaux de race avec lesquels il courait les rodéos de la région.

La famille Buchanan appartenait à l'élite de la Californie, pour ne pas dire des U.S.A. Mme Buchanan mère donnait des soirées auxquelles les présidents successifs du pays assistaient, et le père de Buck — pardon, de Hardin — était lui-même très influent dans les milieux politiques.

Mais cela ne signifiait pas que son mariage avec Buck soit une réussite. « Je ne survivrais pas, dans ton monde. J'en viendrais à te haïr », l'avait-il prévenue. Il semblait à Jo qu'elle l'entendait encore prononcer ces paroles, et elle savait que Buck avait raison. Quel attrait pourrait-il trouver à l'existence qu'elle menait, lui qui avait tout fait pour fuir son propre milieu, lui qui n'était heureux que dans son camping-car, roulant de rodéo en rodéo ?

A présent, le monde entier allait mettre le nez dans leur

vie privée, les paparazzi ne leur laisseraient plus une seconde de tranquillité. Buck ne le supporterait pas, et elle ne supportait pas de le faire souffrir. En réalité, le mariage que leur préparait le prince Henri était un piège pour Buck, car une fois leurs vœux prononcés officiellement dans la cathédrale Sainte-Béatrix, le divorce serait pratiquement impossible.

La résolution de Jo était prise. Il était impératif d'arrêter ce mariage.

11.

Jo ignora les coups discrets qui venaient d'être frappés à la porte de sa chambre. Les yeux fermés, elle tourna de nouveau son visage vers le soleil qui baignait la terrasse de ses appartements, tout en haut du palais, au sommet du rocher de Montclair.

Elle avait tant besoin de calme ! Après l'émotion des retrouvailles avec son père, elle avait dormi dix-huit heures d'affilée, puis n'était sortie de chez elle qu'une seule fois. Pour se faire confirmer que le divorce n'était plus envisageable, à présent que son union avec Buck avait été consommée.

Quelle ironie, après tout le mal qu'elle s'était donné pour que son mariage avec Buck ne reste pas blanc ! A l'époque, elle s'était persuadée que le salut de Montclair constituait son seul objectif. Maintenant, elle n'était plus dupe. C'était par amour pour Buck qu'elle s'était donnée à lui, et seulement par amour.

Mais l'homme qui devait arriver à Montclair d'un instant à l'autre n'était pas Buck. C'était Hardin Winford Buchanan II, accompagné de sa famille, à bord de son jet privé. Jo sourit. Dire que quelques jours plus tôt, elle croyait encore que le seul moyen de locomotion dont disposait Buck était une vieille Chevrolet rouge cabossée tractant un camping-car tout aussi fatigué !

A cet instant, une jeune femme de chambre intimidée se présenta sur la terrasse.

— M. Buchanan est arrivé, Votre Altesse. Son Altesse le prince Henri vous prie de les rejoindre dans le salon d'été.

— Merci, Suzette.

Une dizaine de minutes plus tard, Jo pénétrait dans la vaste pièce. Dans les fauteuils tendus de velours grenat, se tenaient le prince Henri, une dame très élégante en tailleur rose fuhsia, un homme grisonnant d'allure très digne, et Buck.

Vêtu d'un costume anthracite à la coupe impeccable, rasé de près, celui-ci ressemblait moins à un cow-boy qu'à une gravure de mode, ou à un homme d'affaires de haute volée. Ce qu'il était, en réalité.

Jo sentit un frisson d'appréhension la parcourir.

Dès que Jo parut dans l'encadrement de la porte, Buck bondit de son siège pour la rejoindre. Trois jours après avoir été séparé de sa femme, il n'avait qu'une envie, refermer les bras autour d'elle et lui voler le baiser le plus passionné qu'elle lui eût jamais accordé !

— Joséphine, entendit-il son beau-père s'exclamer derrière lui, vient saluer les parents de Hardin.

Au diable les mondanités ! Pour l'instant, Buck se sentait un appétit de loup, mais pas pour les petits-fours qu'un valet compassé venait d'apporter sur un plateau d'argent...

Il dut cependant se contenter d'un baiser très sage, avant de lui prendre tendrement la main pour la conduire vers ses parents. Tout en faisant les présentations, il lui jeta un coup d'œil à la dérobée. Qu'elle était pâle ! Elle avait les traits tendus, le regard fiévreux, pour tout dire elle semblait effrayée... et pas spécialement ravie de le retrouver.

Buck avait craint cette réaction. Après la façon musclée dont il avait été séparé d'elle, il avait rongé son frein de longues heures, furieux à l'idée de ne pouvoir lui révéler lui-même qu'il n'était pas l'homme qu'elle avait cru.

Ces trois jours loin d'elle, il les avait consacrés au démarrage des projets de redressement de Montclair qu'il avait imaginés avec le prince Henri. Afin de partir sereinement en voyage de noces avec Jo, il avait travaillé jour et nuit — si bien qu'il n'avait pas eu une seconde pour lui téléphoner.

A présent, il n'avait qu'une priorité. Un tête-à-tête avec Jo, pour lui redire son amour, et lui expliquer les raisons de son silence et de son mensonge.

— Je vais vous demander de nous excuser, dit-il, mais Jo a promis de me faire visiter ses écuries.

Jo leva sur lui ses beaux yeux ambrés, visiblement surprise. Jamais elle ne lui avait fait une telle promesse, il le savait pertinemment.

— Bonté divine ! Hardin, comment peux-tu appeler ainsi Son Altesse la princesse Joséphine ? s'insurgea sa mère.

— Parce que c'est son nom, répondit Buck en prenant la main de sa femme.

Puis il se tourna vers Jo.

— Allons-y, mon petit cœur, je suis prêt pour la visite !

Jo ne répondit pas à son geste lorsqu'il enlaça ses doigts autour des siens, mais le suivit docilement dans la pièce attenante. Il ne s'agissait pas d'un couloir, mais d'une autre salle aux vastes dimensions, dans laquelle plusieurs personnages à la mine grave étaient penchés sur un plan déroulé sur une table. A l'entrée de la princesse, ils se levèrent comme un seul homme puis s'inclinèrent dans un bel ensemble.

Jo se contenta d'un rapide signe de tête, avant de poursuivre son chemin vers une troisième pièce, puis une quatrième, toutes aussi imposantes, et toutes occupées par des gens en pleine activité. Quant au hall dans lequel ils débouchèrent enfin, il était surveillé par une escouade de gardes en uniforme.

— Pas moyen d'être tranquilles, bougonna Buck en resserrant la pression de ses doigts sur la paume de Jo.

— Avec la préparation du mariage, c'est inévitable.

— Et les gardes ?

— Simple mesure de précaution. En fait, ce sont les paparazzi que nous redoutons le plus. Il y en a même un qui a réussi à se glisser jusque dans ma chambre !

Buck éclata de rire.

— Il va falloir que je fasse installer un système de sécurité digne de ce nom !

Jo s'immobilisa en posant sur lui un regard surpris, presque désapprobateur.

— Qu'y a-t-il ? demanda Buck.

— Je n'ai pas l'habitude de t'entendre envisager une telle dépense avec autant de calme, dit-elle.

— Je suis désolé, mon petit cœur. J'avais l'intention de tout t'expliquer quand les chasseurs de primes sont arrivés.

— Bien sûr, rétorqua Jo en levant haut son joli menton.

— Je t'assure que c'est la vérité.

— Mais oui, dit-elle en se dégageant de sa poigne pour se remettre en marche.

— Jo, tu dois me croire !

— Qui dois-je croire ?

Elle fit brusquement volte-face.

— Toi, ou l'homme que j'ai épousé il y a dix jours ?

Etouffant un grognement d'impatience, Buck croisa les bras.

— Je ne suis pas le seul à avoir un peu maquillé la réalité.

— Mais moi, j'avais un pays à protéger ! Tu ne peux pas en dire autant !

— Bon, d'accord, j'avoue tout. J'ai menti par égoïsme.

— Et quand tu as dit que tu ne survivrais pas dans le monde où je vis, tu as menti aussi ?

— Eh bien...

— Oui ou non ? insista Jo.

Que répondre à cela ? Dire oui, c'était mentir, et il n'en n'était plus question. Dire non, c'était prendre le risque de la faire souffrir encore, et cette seule idée lui était insupportable. Car il l'aimait plus qu'il ne l'aurait cru possible, et la froideur qu'elle manifestait depuis leurs retrouvailles lui était une véritable souffrance.

— Non, je n'ai pas menti, dit-il finalement.

Comme il l'avait craint, il vit le visage de Jo se décomposer. Mais celle-ci se ressaisit avec une rapidité impressionnante. De longues années d'habitude, sans doute.

— Rien ne t'oblige à officialiser ce mariage, Buck, répliqua-t-elle d'une voix tendue.

— Si !

Il s'approcha d'elle pour la prendre par les épaules.

— Pourquoi ? demanda-t-elle.

— Trop de choses ont été mises en place pour faire demi-tour. Sais-tu combien de contrats ont déjà été signés ?

A l'expression glaciale de Jo, il comprit immédiatement qu'il s'était trompé. Ce n'était plus sa tendre Jo qui se tenait en face de lui, mais la princesse Joséphine, altière, presque méprisante. Elle tenta de se dégager de son emprise, en vain. Il la maintenait fermement, décidé à ce qu'elle l'entende, qu'elle croie en sa sincérité !

— Je comprends ta colère contre moi, mon petit cœur, mais tu dois m'écouter. Nous sommes mariés, et je n'ai pas l'intention de...

— Votre Altesse, enfin je vous trouve ! s'écria une voix féminine derrière lui.

— Bon sang ! grommela Buck, exaspéré par cette intrusion.

Pivotant sur ses talons, il vit une belle femme aux cheveux roux, âgée d'environ trente-cinq ans, se diriger vers eux depuis l'autre bout du hall.

— Qu'y a-t-il, Sophie ? s'enquit Jo d'une voix égale.

En dépit de son impatience, Buck ne put qu'admirer la maîtrise dont sa compagne faisait preuve. Nul n'aurait soupçonné qu'ils étaient en pleine scène de ménage !

— La couturière vous attend, Votre Altesse, répondit la femme en s'immobilisant à une distance respectueuse. Et votre amie, Mme Denton, est également arrivée. Nous devons procéder aux derniers essayages de votre robe.

Jo tourna vers lui un visage lisse, vide de toute expression.

— Si tu veux bien m'excuser, murmura-t-elle avant de s'éloigner de lui.

— Je t'en prie, je trouverai moi-même le chemin des écuries, répondit Buck sur le même ton neutre.

Buck était épuisé. Profitant d'une pause durant la séance de travail qui réunissait les principaux responsables financiers de la principauté, il se dirigea vers une grande baie vitrée ouverte sur les flots bleus de la Méditerranée. Une brume de chaleur couvrait l'horizon, cachant le rivage français, isolant la petite principauté du reste du monde.

Depuis son arrivée sur l'île, vingt-quatre heures auparavant, et sa discussion houleuse avec Jo, Buck n'avait fait qu'entrevoir son épouse, sans se trouver seul avec elle un instant. D'ailleurs, elle ne semblait pas vraiment y tenir. Lors de leurs apparitions en public, comme par exemple à l'occasion du dîner officiel donné la veille, Jo se tenait auprès de lui, lui prenait la main ou le laissait l'embrasser, mais pas une seule fois elle ne lui avait adressé la parole.

Bien sûr, il lui avait menti, et elle avait des raisons de lui en vouloir. Mais n'aurait-elle pas dû se réjouir en apprenant à quel point il était riche ? Ne lui apportait-il pas la fortune qu'elle espérait pour son pays ? Vraiment, Buck ne comprenait pas les raisons de sa bouderie. Ils devaient échanger leurs vœux officiels dans la cathédrale de Sainte-Béatrix le lendemain, mais Buck était résolu à obtenir une explication avant la cérémonie.

Soudain, son regard fut attiré par un mouvement en contrebas, à la sortie des écuries princières. Une jeune femme aux longs cheveux noirs venait de quitter les bâtiments, montée sur une splendide jument à la robe immaculée. Buck reconnaissait l'animal, qu'il avait vu la veille en visitant le haras. Il s'agissait d'Alette, la jument favorite de la princesse. Quant à la jolie cavalière, tout son instinct le lui criait, c'était Jo. Il reconnaissait d'ailleurs sa chevelure aux boucles sombres et ses courbes harmonieuses, mises en valeur par la simplicité de sa tenue, un jean et un T-shirt de coton blanc.

Il s'élança. Après tout, la réunion pouvait maintenant se poursuivre sans lui. Pour une fois qu'il tenait une occasion de discuter seul à seule avec Jo, il n'allait pas la laisser passer !

Jo éperonna sa monture et se dirigea vers la falaise. Bientôt, l'imposante silhouette du palais disparut au tournant du sentier, et Jo se sentit soudain soulagée. Seul le spectacle d'une nature sauvage et indomptée s'offrait à perte de vue, apportant à la jeune femme l'apaisement dont elle avait tant besoin.

Elle avait fui l'effervescence du palais, où l'on achevait dans la fièvre les ultimes préparatifs avant la cérémonie du lendemain. Chaque jour qui passait la confirmait dans sa certitude que ce mariage était une monumentale erreur.

Non pas, comme elle l'avait cru jusqu'alors, parce que Buck en viendrait à la détester, mais parce qu'en réalité, il n'éprouvait aucun amour pour elle. En public, il jouait avec brio la comédie du bonheur, mais une fois retombé le rideau, c'était vers ses projets d'investissements qu'il retournait, et non vers elle. Toutes ses journées, toutes ses nuits, il les passait enfermé dans plusieurs salles du palais mises à sa disposition, où il alternait les réunions de travail et la lecture de dossiers.

En se renseignant sur le passé de Buck, Jo avait appris que c'était en investissant dans des sociétés pauvres mais dotées d'un fort potentiel qu'il avait réalisé l'essentiel de sa fortune. Manifestement, Montclair ne représentait à ses yeux qu'un nouveau jouet financier, plus amusant qu'une modeste entreprise. Un jouet dont il finirait par se lasser, après en avoir épuisé les possibilités.

Dans le fond, Buck valait-il mieux que l'épouvantable mari qu'elle avait fui ?

Une rumeur attira son attention, faite d'éclats de voix excitées et de moteurs lancés à vive allure. Regardant derrière elle, Jo aperçut avec horreur plusieurs véhicules se dirigeant à sa rencontre. Il y avait là trois voitures et deux camionnettes où s'entassaient en tout une bonne trentaine de personnes. Plusieurs zooms d'appareils photo étaient déjà braqués sur elle.

Et flûte !

Dans sa hâte de s'éloigner du palais, Jo avait oublié toute prudence. C'était sans compter sur la nuée de reporters qui s'était abattue sur l'île depuis quarante-huit heures. Ses poursuivants l'auraient bientôt rattrapée, et il n'était pas question de leur donner le spectacle de la fuite. D'ailleurs, une cavalcade aussi près du bord de la falaise aurait été terriblement risquée.

Rassemblant le peu de forces qu'il lui restait, Jo obligea donc Alette à se tourner vers la meute et attendit. Les véhicules s'arrêtèrent à quelques pas d'elle seulement, effrayant Alette, qui se cabra dangereusement.

— Faites au moins attention à mon cheval ! s'écria Jo, hors d'elle-même.

Ses paroles furent noyées dans le flot de vociférations des journalistes qui tous descendaient en même temps de leurs véhicules garés à la hâte et se précipitaient vers elle, brandissant micros et caméras.

Il lui fallut de longues minutes pour calmer l'affolement d'Alette. Lorsqu'elle y fut enfin parvenue, Jo se tourna de nouveau vers la meute qui la cernait de toutes parts. Refusant de céder à la panique, elle se redressa bien droite sur sa selle et leva le menton.

Les questions fusaient, dans toutes les langues imaginables, les objectifs braqués sur elle. Jo savait qu'on attendait qu'elle réagisse, mais elle ne le pouvait pas.

Car il lui fallait toute son énergie, toute sa résolution pour ne pas fondre en larmes, vaincue par la pression nerveuse des derniers jours. D'abord, il y avait eu la fuite du ranch Porter avec la crainte d'être rattrapée, le coup de foudre pour Buck, suivi du mariage express avec le beau cow-boy, la cohabitation avec un mari qui la faisait travailler jusqu'à l'épuisement et refusait de consommer leur union, puis la fuite à travers la Californie, le torrent de passion qui les avait emportés, Buck et elle, dans la petite maison au bord de l'océan, ensuite l'irruption musclée des chasseurs de primes, les révélations de Sophie Angousset, les retrouvailles avec son père, les préparatifs de la cérémonie, enfin l'arrivée de Buck, et la prise de conscience de son absence d'amour pour elle... C'en était trop !

Essuyant furtivement les larmes qui perlaient à ses paupières, Jo tourna le regard vers l'horizon, cherchant désespérément le courage de faire front. Elle avait tenu jusqu'à présent, elle ne devait pas craquer.

— Je t'ai trouvée ! s'exclama soudain une voix familière.

Buck ! Tous les yeux se tournèrent vers l'homme qui

venait de faire irruption, monté sur un magnifique étalon à la robe blanche. D'une main sûre, Buck obligea Bayard à ralentir le pas.

— Mais c'était trop facile, ajouta-t-il d'un ton joyeux, avec tout ce monde qui te suivait !

— Est-ce un jeu ? demanda l'un des paparazzi.

— Ou bien la princesse voulait-elle vous fuir ? interrogea un autre.

Tout le monde éclata de rire, à l'exception de Jo. Sans répondre, Buck s'avança, et l'on s'écarta naturellement sur son passage. Les yeux rivés sur Jo, il s'approcha d'elle, menant Bayard à un pas tranquille, pour venir se placer à son côté. Pas un instant, les caméras et les appareils photo n'avaient cessé de mitrailler.

Lorsque Buck se pencha vers Jo et déposa un baiser sur ses lèvres, les paparazzi se déchaînèrent littéralement. Les questions reprirent, mais Jo ne les entendait pas plus qu'auparavant.

— Je suis là, lui murmura Buck à l'oreille, prouvant qu'il avait compris sa détresse.

— Oui, répondit-elle, soulagée malgré les griefs qu'elle nourrissait à son encontre.

— Bon, je vais m'occuper des fauves.

Buck se tourna vers l'assistance et leva la main pour obtenir le silence.

— Une question à la fois, s'il vous plaît. Vous, avec le T-shirt gris ?

— Est-il vrai que votre mariage n'a pas été consommé ?

— Mêlez-vous de vos affaires. Question suivante. Vous, avec les cheveux frisés ?

— Vous êtes-vous fréquentés longtemps avant le mariage ?

— Même réponse. Question suivante. Vous, là-bas !

— La princesse est-elle enceinte, et faites-vous chambre à part au palais ?

Manifestement irrité, Buck secoua la tête et refusa de répondre. Sans attendre d'autres questions, il se lança dans une longue explication concernant ses projets pour le palais, et très rapidement les journalistes s'intéressèrent à son propos.

Soulagée, Jo l'écouta parler du nouvel élan qu'il voulait insuffler à la petite principauté. Mais rapidement, une sensation de malaise s'empara d'elle. Lorsqu'un reporter interrogea Buck sur les gains qu'il escomptait dans l'opération, Jo sentit son cœur s'arrêter de battre.

— D'après mes premières estimations, les retours sur investissements pourraient être... très substantiels.

Effarée, Jo lut sur son visage une expression de contentement béat. Enfin, le voile se déchirait. Ce n'était pas à elle qu'il avait fait l'amour, cet après-midi-là, dans la petite maison au bord de l'océan.

C'était à la fortune qu'elle lui apportait.

12.

C'en était trop !

Incapable d'entendre Buck pérorer plus longtemps sur les bénéfices qu'il envisageait de tirer de ses investissements à Montclair, Jo enfonça ses talons dans les flancs d'Alette et partit droit devant elle. Médusés, les reporters s'écartèrent pour la laisser passer. Lorsqu'elle eut enfin la voie libre, Jo s'élança à vivre allure.

Buck la rejoignit peu avant qu'elle ne parvienne en vue du palais, mais elle ne ralentit pas pour autant, empêchant toute explication entre eux. Lorsqu'ils pénétrèrent dans les écuries, cependant, elle fut bien obligée de subir les questions de Buck.

— A quoi joues-tu, princesse ? Tu veux me rompre le cou ?

Sautant à bas de sa monture, Jo lança les rênes à un lad stupéfait. C'était bien la première fois qu'elle ne s'occupait pas elle-même de desseller Alette !

— Je suis désolée si tu as du mal à me suivre, répliqua-t-elle, tâchant de contenir son humeur massacrante. Je connais mieux le terrain que toi.

Buck ferma les yeux et marmonna, comme s'il comptait jusqu'à dix. Puis il les rouvrit.

— J'ai à te parler, dit-il en lui barrant le chemin.

— Laisse-moi passer. Je suis attendue pour...

— Je me contrefiche que tu sois attendue. C'est moi

qui en ai assez de t'attendre. Tu as bien dix minutes de ton précieux temps à consacrer à ton mari ?

— Ici ? demanda-t-elle sans dissimuler sa contrariété.

— Je t'accompagne jusqu'à tes appartements, répliqua Buck en lui prenant le bras d'autorité.

Jo ne prononça pas une seule parole jusqu'à ce qu'ils atteignent le palier menant à l'aile du palais qui lui était réservée. Mais une fois devant la porte de chez elle, elle se tourna vers Buck pour se dégager de son emprise d'un vigoureux coup de coude.

— Je t'écoute, dit-elle sèchement.

— Pas ici, répondit Buck en désignant d'un coup d'œil éloquent les gardes qui se tenaient de part et d'autre du vaste corridor. Je préférerais discuter tranquillement à l'intérieur.

— Pas question. Ce sont mes appartements. Tu peux peut-être acheter mon pays, mais moi, je ne suis pas à vendre.

— Je ne vois pas en quoi..., commença Buck, manifestement interloqué.

— Depuis ma naissance, reprit Jo, luttant contre la fureur qui menaçait de l'étouffer, j'ai accepté un certain nombre de choses qui me révoltaient. Ce mariage en fait partie, je dois donc m'y plier. Jusqu'à un certain point. Car je ne...

Sa voix se brisa. Sa colère s'était soudain muée en désespoir. Réunissant ce qui lui restait de courage, Jo poursuivit :

— Je ne serai plus ta femme, du moins pas en privé. Je continuerai de faire chambre à part, même après la cérémonie.

— Quoi ? tonna Buck, sans un regard pour les deux gardes qui jetaient des coups d'œil surpris dans leur direction.

— Tu m'as très bien comprise. S'il reste au moins une chose que ton argent n'achètera jamais, c'est l'amour.

Profitant de la surprise de Buck, Jo se glissa dans ses appartements en verrouillant la porte derrière elle. A bout de forces, elle s'adossa au battant et laissa libre cours aux larmes qu'elle contenait depuis tant de jours.

Son mariage ne faisait que commencer, mais c'était déjà un désastre.

Abasourdi, Buck contempla sans le voir l'angelot joufflu sculpté dans le bois de la porte.

« Tu peux peut-être acheter mon pays, mais moi, je ne suis pas à vendre. »

Ces paroles confirmaient ses pires craintes. Depuis que Jo le savait riche, il ne l'intéressait plus. Peut-être parce que cela l'empêchait de se sentir supérieure à lui ? Il secoua la tête, découragé. Dire qu'il avait cru qu'elle aimait tout en lui, le cow-boy comme l'homme d'affaires !

Il se sentait trahi, ridiculisé.

Mais surtout, il ne supportait pas que Jo s'enferme chez elle, se dérobant ainsi à toute explication. Devant lui, l'agaçant chérubin lui souriait toujours. Buck leva la main pour frapper à la porte, puis renonça. Ce dont il avait envie, c'était de donner un vigoureux coup de pied dans le battant.

C'était très mal élevé, et en aucun cas digne de l'époux d'une princesse, et cela ne résoudrait rien, au contraire. Mais quel soulagement ce serait ! Incapable de résister à la tentation, Buck recula d'un pas, leva le pied... et le projeta vigoureusement dans le battant. La porte céda dans un délectable craquement.

Après avoir jeté un regard menaçant aux deux gardes qui ne se décidaient pas à intervenir, Buck poussa le battant et pénétra dans le vestibule.

Jo se tenait devant lui, les bras croisés dans une attitude de reine outragée. Bon sang, qu'elle était belle !

— A quoi rime cette démonstration ? demanda-t-elle, un peu hautaine. A m'effrayer ? A me prouver que tu peux tout acheter, même les gardes censés me protéger ?

Buck chercha une réponse percutante, en vain.

— Mais l'argent n'achète pas tout, reprit Jo d'une voix étrangement calme.

— Apparemment, acquiesça Buck, décontenancé.

Il s'était attendu à des cris de frayeur, ou à une colère noire. Au contraire, Jo lui donnait une leçon d'élégance et de dignité.

— Tu as cru que tu pouvais acheter mon amour, insista-t-elle.

— Je croyais que tu m'aimais avant que tu saches que je possédais assez d'argent pour acheter n'importe quoi d'autre, rectifia Buck. Mais tu ne m'aimais que tant que j'étais pauvre. Une fois que tu as compris que tu aurais du mal à me manipuler, j'ai cessé de t'intéresser.

— Pas du tout !

— Pardon ?

— Tu te trompes : peu m'importe l'état de ton compte en banque. Je t'ai toujours aimé, pauvre ou riche, même si je m'en veux.

— Alors, que me reproches-tu ? s'étonna Buck, incrédule.

Il y eut un long silence, si long que Buck crut que Jo ne voulait pas lui répondre. Ce fut dans un souffle qu'elle murmura alors :

— De ne plus me désirer.

— Pardon ? s'étrangla Buck.

— Depuis que tu es arrivé, tu consacres tout ton temps à tes maudits projets pour Montclair. Pas une seule fois tu n'as essayé de m'embrasser.

— Je te signale que dans ce fichu palais, il n'y a pas moyen d'être seuls cinq minutes. Dois-je te rappeler qu'une certaine personne a décidé que nous ferions chambre à part jusqu'à la cérémonie ?

— Tu veux parler de mon père ?

— Exactement, mais ce n'est pas tout. Si je travaille comme un fou, c'est pour que personne ne nous dérange durant notre lune de miel.

Imperceptiblement, Buck s'était approché d'elle.

— Mais...

Elle semblait hésiter.

— Et l'argent ?

— Mon petit cœur, crois-tu que j'aie besoin d'argent ? A mes yeux, le seul trésor de Montclair, c'est toi.

— Et mes obligations officielles ? Tu m'as bien dit que tu ne survivrais pas à la vie que je mène ?

— Oui, et ce jour-là j'ai raté une belle occasion de me taire ! Tant que tu seras près de moi, rien ne me fera peur.

Franchissant résolument le dernier pas qui les séparait, Buck la prit dans ses bras et la serra contre lui. Puis il se pencha vers elle et cueillit sur ses lèvres un baiser d'abord très tendre, puis de plus en plus hardi.

— Est-ce que... tu m'aimes ? murmura-t-elle, presque timidement.

— Et toi ?

— Devine ?

— Je ne sais pas.

— Je t'aime, mon beau cow-boy.

— Je t'aime, ma princesse rebelle.

Épilogue

— C'est incroyable !

Raccrochant brusquement le téléphone, Jo bondit sur ses pieds et se rua hors du bureau.

— Buck !

Elle traversa les vastes salons de Double Star à la recherche de son époux, tout en continuant de l'appeler.

— Buck, où es-tu ?

— Ici, l'entendit-elle finalement répondre depuis la véranda située à l'arrière de la bâtisse principale.

Lorsqu'elle le rejoignit, il était tranquillement installé sur les marches de l'escalier, en train de sculpter une pièce de bois. Chaque fois qu'elle posait les yeux sur lui, elle se sentait gagnée par un bonheur diffus, une euphorie qui naissait dans son cœur pour se répandre lentement dans ses veines, l'emplissant d'un contentement indescriptible. Etait-il possible d'aimer autant ? C'était sans doute cela, le mystère de l'amour...

— Tu ne devineras jamais ce qui se passe ! s'écria-t-elle, incapable de garder la nouvelle pour elle.

— Eh bien, puisque tu n'as pas l'air particulièrement abattue, j'en déduis que nos vacances en Californie ne seront pas écourtées, comme la dernière fois.

— Disons que nous allons effectuer un petit voyage express en Europe, mais ce n'est que l'affaire de quelques jours. Puis nous reviendrons pour... assez longtemps.

Ainsi qu'elle s'y attendait, Buck leva les yeux vers elle et lui demanda en plissant les paupières :

— Combien de temps, exactement ?

— Toute la vie, si tu le veux.

Une expression de scepticisme se peignit sur ses traits tannés par le soleil.

— C'est ça. Et mon cheval va tenir le premier rôle dans la prochaine représentation du *Lac des cygnes*.

Jo ne put retenir un sourire à l'évocation d'Aggie en tutu rose sur la scène de l'opéra de Sacramento.

— Dans ce cas, répliqua-t-elle du tac au tac, tu peux réserver deux places tout de suite, parce qu'il va faire un malheur.

Buck posa soigneusement son ouvrage, puis croisa les bras sur sa poitrine.

— Je t'écoute, dit-il, une lueur de curiosité dansant au fond de ses prunelles bleues.

Savourant son petit effet, Jo s'assit près de lui.

— Papa vient de me téléphoner. Il avait deux nouvelles à m'annoncer, une bonne et une excellente.

— Oui ? l'encouragea Buck.

— La bonne, c'est qu'il a retrouvé toute sa joie de vivre, répondit Jo en insistant sur le mot « toute ».

— Que veux-tu dire ?

— Sophie est enceinte.

Buck émit un long sifflement de surprise. Sans un mot, il s'adossa contre la rambarde de l'escalier, une expression pensive sur le visage. Jo savait à quelles conclusions il était en train de parvenir, et elle devina qu'il avait déjà compris ce qu'elle allait lui annoncer.

— C'est certain ? demanda Buck, craignant peut-être de se réjouir trop rapidement.

— Absolument.

— Et l'autre nouvelle ?

— Elle a déjà fait des examens. C'est un garçon.

Le large sourire que Buck retenait probablement depuis quelques instants s'épanouit enfin. Il savait exactement ce que signifiaient les paroles de Jo.

— Nous sommes libres ! s'exclama-t-il en lui ouvrant les bras.

— Pour toujours ! renchérit-elle avant de se blottir contre lui. Puisque l'héritier mâle monte sur le trône en priorité, c'est mon tout petit demi-frère qui présidera aux destinées de Montclair.

Buck serra Jo contre lui, avant de l'enlacer par les épaules.

— Je suppose que nous sommes attendus à Montclair pour un mariage rapide et discret ? demanda-t-il en souriant.

Jo acquiesça d'un signe de tête.

— Tout ce qu'il y a de plus discret, en effet. Il n'y aura que la famille, et quelques amis très proches.

Buck fronça les sourcils, visiblement dubitatif.

— Pas de reporters ?

— Il y en a toujours ! Mais papa et Sophie n'annonceront la nouvelle officiellement qu'à leur retour de voyage de noces.

Buck posa délicatement la main sur le ventre de Jo.

— Veux-tu que nous leur annoncions notre bonne nouvelle ?

— Chaque chose en son temps, laissons-les savourer leur bonheur.

— Tu as raison, ma princesse. Gardons encore un peu notre secret, il sera bien temps de le partager plus tard. Pour l'instant, ne pensons qu'à nous. Et pour commencer...

Buck sauta sur ses pieds et souleva Jo entre ses bras.

— ... Je t'emmène fêter notre liberté. Et j'espère que la fête durera longtemps.

Un sourire aux lèvres, Jo appuya la joue contre le torse de Buck.

— Est-ce que l'éternité te suffira ?

— C'est un début, mon cœur. Un très bon début.

Collection Azur

HARLEQUIN

PROCHAINS RENDEZ-VOUS LE

1er Novembre 2000

UN PAPA POUR CHAD, de Janelle Denison • *N°2055*
A neuf ans, Chad vient de perdre ses parents dans un accident de voiture. Muré dans son deuil, il n'a plus qu'un rêve : rencontrer Rafe Dalton, le célèbre champion de rodéo. Un rêve que Lauren, son éducatrice, s'est promis d'exaucer...

Héros irrésistible

PACTE D'AMOUR, de Sally Wentworth • *N°2056*
Au hasard d'une soirée, Brett rencontre l'ensorcelante Masha, dont il tombe aussitôt amoureux. Mais la jeune femme, loin de succomber à ses avances, s'y dérobe avec un malin plaisir. Et lui impose un pacte étrange : pour être son amant, il devra d'abord gagner son amitié...

NEUF MOIS POUR S'AIMER, de Kathryn Ross • *N°2057*
Alicia le sait : elle n'a que trop tardé à annoncer sa grossesse à Dexter. Ce soir, demain au plus tard, il lui faudra parler. Au risque de perdre cet homme qu'elle aime plus que tout au monde – mais qui refuse obstinément le moindre engagement...

FAUX SERMENTS, de Susanne McCarthy • *N°2058*
Lorsque Hugh Garratt, un parfait inconnu, lui propose de l'épouser, Sara ne sait que répondre. L'offre est absurde, certes. Mais son auteur est l'homme le plus sexy qu'elle ait jamais rencontré...

Premier Amour

UN AMI D'ENFANCE, de Patricia Wilson • *N°2059*
Depuis quelques jours, Victoria fulmine. Car Nick, son ami d'enfance, la supplie d'assister à ses fiançailles. Ne comprend-il donc pas qu'elle n'a aucune envie de le voir convoler avec une autre ?

SAGA

UN MARI PRÊT À TOUT, de Sandra Marton • *N°2060*
Quand Michelle lui demande le divorce, Gabriel n'est pas vraiment surpris. Mais il ne s'avoue pas vaincu pour autant. Et profite d'une réunion de famille pour tenter de reconquérir celle qu'il n'a jamais cessé d'aimer...

UN INCONNU POUR ÉPOUX, d'Amanda Browning • *N°2061*
Natasha n'en revient pas : sa sœur jumelle vient d'abandonner son fiancé à l'hôpital sous prétexte qu'elle ne souhaite pas s'embarrasser d'un convalescent ! Horrifiée par tant d'égoïsme, elle décide de veiller elle-même sur cet inconnu, encore plongé dans le coma...

UN NOËL POUR DEUX, de Pamela Bauer & Judy Kaye • *N°2062*
Pour rassurer un client potentiel, Max Taylor a besoin d'une épouse. Charlotte McKenna accepte de jouer le jeu pendant quelque temps... mais le beau Max a bien du charme. Et Charlotte se prend à rêver d'un *vrai* mariage. Après tout, à Noël, rien n'est impossible !

Offre Halloween

Ce mois-ci, la collection Sixième Sens vous invite à célébrer Halloween et vous propose un coffret spécial qui vous entraînera au-delà du réel.

Si vous êtes amateurs de frissons et d'ambiance surnaturelle, ne manquez surtout pas ce rendez-vous exceptionnel ! Sans hésitation, laissez-vous ensorceler le 1er octobre par les deux romans, spécialement réédités pour ce coffret :

Obsession, de Terri Herrington (Sixième Sens n°3)
Un roman fascinant où l'amour défie le temps.

Passion hantée, de Sally Carleen (Sixième Sens n°31)
L'histoire incroyable du dédoublement d'Elizabeth.

Offres Spéciales

Les Collections Harlequin vont bientôt fêter Noël et à cette occasion vous proposeront dès le mois prochain un programme scintillant de nouveautés et de promotions. Découvrez :

Le 1er novembre,

Romans Coup de Cœur Noël

A Noël, petits et grands espèrent voir leurs vœux se réaliser et veulent croire à tous les bonheurs. Ce merveilleux réveillon de Noël, les héroïnes de ces romans Coup de Cœur ne l'oublieront jamais, car en cette nuit magique, elles vont recevoir la plus belle des déclarations… mais aussi la plus merveilleuse des demandes !

Le coffret LES JEUX *d'Harlequin* "Spécial Noël"

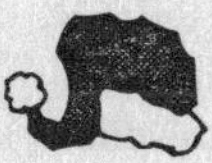

Vous aimez les mots croisés, fléchés, codés et autres quizz, mais aussi les histoires d'amour ? Nous vous proposons de découvrir le coffret LES JEUX *d'Harlequin* "Spécial Noël", composé de deux romans spécialement réédités, et d'un supplément jeux gratuit de 24 pages, tout en couleurs, avec de nombreux cadeaux à gagner ! Laissez-vous prendre au jeu…

Le 15 novembre,

Le coffret "Trois déclarations d'amour"

Il ne suffit pas de nous séduire, messieurs, encore faut-il savoir nous déclarer votre flamme… et si possible, de la façon la plus originale qui soit ! Tel est le défi que se sont lancé les héros de ce coffret…

Découvrez, avec les trois romans spécialement sélectionnés pour vous dans les collections Azur, Rouge Passion et Désirs, trois façons de dire je t'aime, trois déclarations d'amour hors du commun qui vont vous surprendre.

PROGRAMME EXCEPTIONNEL
LES BEST-SELLERS

Le 1er novembre :
4 romans inédits + 2 romans réédités

LA MÉMOIRE DÉVOILÉE, de Nell Brien • N° 119

À Los Angeles, Liz Ryan a grandi dans l'amour de ses parents adoptifs. Devenue une brillante chirurgienne, elle se voit promise à une réussite sans surprise. Jusqu'au jour où le secret de sa naissance lui est révélé...

Un voyage envoûtant au cœur d'un Orient dur et extrême où une jeune Américaine cherche ses origines...

ZONE INTERDITE, de Howard Simon • N° 121

Zach Green, chirurgien en CHU, veut lancer un ambitieux programme de recherche, susceptible à terme de sauver la vie à des milliers de blessés. Mais si lui, son collègue Brinkman et une jeune résidente qui s'est jointe à eux sont convaincus par leurs hypothèses médicales, ils doivent d'abord les tester sur des animaux... ce qui les expose d'emblée aux attentats perpétrés par un mystérieux groupe de protection des animaux. Un combat contre la mort commence, que les trois médecins acceptent de mener, au nom de leur dévouement total à la médecine...

L'HÉRITAGE DES ROBESON, d'Emilie Richards • N°122

Depuis qu'une perle sans défaut et sans prix, découverte dans les eaux australiennes, s'est mêlée à la destinée des familles Robeson et Llewellyn, drames et rivalités les poursuivent. Au fil des générations, l'inestimable trésor a souvent changé de main, et aujourd'hui, c'est Liana Robeson qui le détient. Liana, qui voit la tragédie frapper une fois encore, quand son fils adolescent disparaît un jour, en emportant la perle maudite...

(suite page suivante)

La fugitive, de Debbie Macomber • N°123

Apprenant que son père qu'elle croyait mort vit en réalité au Mexique depuis des années, Lorraine Dancy s'envole pour El Mirador où elle sait pouvoir le trouver. Un voyage qui tourne au désastre quand la police mexicaine cherche à l'arrêter pour le vol d'un objet sacré. Désormais, Lorraine est obligée de tourner le dos à tout ce qu'elle a connu jusque-là et d'accepter l'aide d'un ancien mercenaire blasé, qu'aucune aventure n'effraie ni ne freine...

Oasis, de Patricia Matthews • N°5

Située aux portes du désert californien, près de la petite ville d'Oasis, la Clinique est un centre de soins pas comme les autres. Acteurs, musiciens, politiciens ou hommes de télévision, ils viennent du monde entier chercher là luxe et discrétion. Nul, parmi le grand public, les journalistes ou les habitants d'Oasis, ne sait vraiment ce qui s'y passe. Des rumeurs circulent, on fait état de secrets plus ou moins avouables. Mais le jour où elle est admise parmi les prestigieux pensionnaires de la Clinique, l'actrice Lacey Houston s'aperçoit que la réalité est bien plus sombre encore...

(Réédition)

LA FEMME BAFOUÉE, de Penny Jordan • N°27

De ses ancêtres tsiganes, Rachel a hérité le sens de l'honneur. Aussi, lorsque quatre hommes abusent d'elle d'une façon odieuse, décide-t-elle de se venger. Elle deviendra une autre femme, seule maîtresse de son destin. Et du destin des quatre hommes qui l'ont violentée. Quels que soient les efforts qu'elle devra fournir, les sacrifices auxquels elle devra consentir, elle les brisera, un à un. Sans aucune pitié...

(Réédition)

OFFRE PRIVILÈGE

À compléter et à retourner sous enveloppe affranchie à :

Service Lectrices HARLEQUIN/ Cédap
BP 77
94232 Cachan Cedex

Oui, je souhaite recevoir gratuitement 2 des plus beaux romans Azur publiés par Harlequin ainsi que mon cadeau. Je recevrai par la suite 6 romans inédits de la collection AZUR à consulter chaque mois.

Je pourrai les acquérir au prix de 18,05 F le volume de 160 pages (sans supplément de frais de port), ou vous les retourner sous 10 jours sans rien devoir. Je suis libre d'interrompre à tout moment ma collection.

SFAZO6.1406

Mme ❒ Mlle ❒

Nom ____________________

Prénom ____________________

Adresse ____________________

____

Code postal |_|_|_|_|_| Ville ____________________

Date d'anniversaire |_|_| |_|_| 19|_|_|

Numéro de téléphone |_|_| |_|_| |_|_| |_|_| |_|_|

Vous pouvez également nous joindre au 01.45.82.47.47
du lundi au vendredi de 9h à 17h.

Répondez à notre Offre Privilège,
ces cadeaux de bienvenue seront à vous définitivement.

Conformément à l'article 27 de la loi 78-17 du 06-01-78 vous disposez d'un droit d'accès et de rectification vous concernant sur notre fichier clientèle. Offre limitée à un envoi par foyer, en France métropolitaine jusqu'au 31 décembre 2000. Prix susceptibles de changement.

Composé sur le serveur d'EURONUMÉRIQUE, À MONTROUGE
PAR LES ÉDITIONS HARLEQUIN
Achevé d'imprimer en septembre 2000
sur les presses de l'Imprimerie Bussière
à Saint-Amand-Montrond (Cher)
Dépôt légal : octobre 2000
N° d'imprimeur : 1786 — N° d'éditeur : 8454

Imprimé en France